Karl Werner

**Heinrich v. Gent als Repräsentant des christlichen
Platonismus im 13. Jahrhundert**

Karl Werner

Heinrich v. Gent als Repräsentant des christlichen Platonismus im 13. Jahrhundert

ISBN/EAN: 9783743646445

Hergestellt in Europa, USA, Kanada, Australien, Japan

Cover: Foto ©Raphael Reischuk / pixelio.de

Weitere Bücher finden Sie auf **www.hansebooks.com**

HEINRICH VON GENT

ALS REPRÄSENTANT DES CHRISTLICHEN PLATONISMUS

IM DREIZEHNTEN JAHRHUNDERT.

VON

DR. KARL WERNER

WIRKLICHEM MITGLIEDE DER KAISERLICHEN AKADEMIE DER WISSENSCHAFTEN.

WIEN, 1878.

IN COMMISSION BEI KARL GEROLD'S SOHN

BUCHHÄNDLER DER KAIS. AKADEMIE DER WISSENSCHAFTEN.

Heinrich von Gent, nach seinem Geburtsorte Muyden, einer Vorstadt von Gent, auch Mudanus genannt, aus dem Geschlechte der Goethals (— Guthals, Bonicollii, Eutracheli), war ein Zeitgenosse des Thomas Aquinas, und bildete sich gleich diesem unter Albert dem Grossen, trat sodann selbst als Lehrer auf, zuerst in Gent, später in Paris; die feierliche Würde seiner daselbst geübten Lehrthätigkeit erwarb ihm das Ehrenprädicat: Doctor Solennis. Im Jahre 1256 trat er in den Servitenorden ein und verwendete sich mit Erfolg für die endliche kirchliche Anerkennung und päpstliche Bestätigung desselben.[1] Schliesslich wurde ihm das Amt eines Archidiakons an der bischöflichen Kirche zu Tournay übertragen, welches er durch zwölf Jahre bis zu seinem Tode verwaltet haben soll. Seine Lebenszeit (1217—1293) fällt in die Hochblüthe der Scholastik; er selber kann als einer der bedeutenderen Repräsentanten derselben angesehen werden,[2] obschon er nicht Gründer oder Führer einer bestimmten Schule wurde, und auch die von ihm eingeschlagenen Wege ihn in eine isolirte Stellung drängten. Allerdings betheiligte auch er sich an der gemeinsamen Aufgabe der Scholastiker des dreizehnten Jahrhunderts, die

---

[1] Die Beziehungen Heinrichs von Gent zum Servitenorden sind von neueren Forschern wegen Mangel an genügender Bezeugung angezweifelt oder förmlich in Abrede gestellt worden; die Serviten des siebzehnten Jahrhunderts aber erklärten ihn auf einem Generalcapitel zu Rom 1609 feierlich als Lehrer ihres Ordens, und haben sich auch um eine correctere Ausgabe seiner früher gedruckten Schriften verdient gemacht. Vgl. das Nähere über die erwähnte Streitfrage bei Huet, Recherches sur la vie, les ouvrages etc. de Henri de Gand (Paris 1838), SS. 50 ff.

[2] Hiefür galt er nicht bloss seinen Zeitgenossen, sondern auch in der Schätzung der nachfolgenden Jahrhunderte. Man vergleiche in dieser Beziehung die Aeusserungen des Johannes Picus von Mirandula: Est in Joanne Scoto vegetum quiddam atque discussum, in Thoma solidum et aequabile, in Aegydio tersum et exactum, in Francisco (de Mayronis) acre et acutum, in Henrico, ut mihi visum est, semper sublime et venerandum. De hom. dign. Opp. (Basel, 1601) Tom. II, p. 215. Dieselben Worte finden sich in Pico's Apologia Opp. Tom. I, p. 79. In den bekannten neunhundert Disputirsätzen, welche Pico's aufstellte, wird neben den übrigen vorgenannten Auctoritäten auch Heinrich von Gent für eine Anzahl von Thesen als Gewährsmann vorgeführt. In Pico's Examen vanitatis doctrinae gentilium etc. Lib. V, c. 4 wird Heinrichs platonisirende Lehre von der Unsicherheit und Trüglichkeit der Sinneserkenntniss gegen die kritischen Bemängelungen des Duns Scotus in Schutz genommen.

1

in der Concordirung der drei grossen Auctoritäten eines Augustinus, Plato und Aristoteles bestand, jedoch so, dass er der allgewaltigen peripatetischen Strömung gegenüber
die Auctorität Platos unter Berufung auf Augustinus als die maassgebende erklärte.
Hiedurch schied er sich nicht nur von der in der Dominicaner Schule durch Thomas
zur Herrschaft gelangten Lehrrichtung, sondern auch von jener des zeitgenössischen
Johannes Bonaventura ab, bei welchem der bereits siegreich dominirende Peripatetismus
durch die Anlehnung an die Mystiker des zwölften Jahrhunderts eingeschränkt wurde.
Am nächsten möchte sich Heinrich von Gent mit Wilhelm von Auvergne berühren,
dessen psychischer Sensismus auch die Unterlage des von Heinrich aufgeführten theologischen Lehrgebäudes abgibt; nur dass der von Wilhelm in theologischen Dogmatismus
umgesetzte Platonismus bei Heinrich zugleich auch stark mit peripatetischen Elementen
versetzt, oder vielmehr mit denselben völlig verschmolzen ist, während Wilhelm nur
zögernd und widerwillig der in den Schulen zur Herrschaft gelangenden Auctorität des
Aristoteles sich fügte. Zufolge der Denkverwandtschaft Heinrichs mit Wilhelm werden
wir nicht fehlen, wenn wir in der Darlegung der Denkanschauungen Heinrichs von
seinem Verhältniss zu Wilhelm von Auvergne ausgehen; nebstbei werden wir auf seine
Stellung neben und gegenüber den zeitgenössischen Vertretern der scholastischen Speculation Bezug nehmen, und endlich auch, soweit diess nicht schon an einem anderen Orte
geschah,[1] der Bezugnahme des Duns Scotus auf die von ihm so oft berührten und
bekämpften Lehranschauungen Heinrichs die geziemende Berücksichtigung nicht ver-
sagen. Von den Schriften Heinrichs liegen nur die Summa quaestionum ordinariarum
(eigentlich der erste, die Gotteslehre enthaltende Theil einer vollständigen Summa
theologica) und die Quodlibetica theologica gedruckt vor; sie reichen aus, uns über seine
philosophisch-theologische Grundanschauung zu orientiren, und wir dürfen getrost annehmen, dass in ihnen das Wesentlichste und Wichtigste von dem in seinen ungedruckt
gebliebenen Schriften Enthaltenen wiedergegeben ist.

An den Wesensbegriff der menschlichen Seele anknüpfend, haben wir vor Allem
zu constatiren, dass Heinrich im Unterschiede und Gegensatze zu Wilhelm von Auvergne[2]
die Identification der Seelenkräfte mit dem Wesen der Seele wenigstens beziehungsweise
ablehnt. Diese Abweichung von Wilhelm bekundet einerseits, dass Heinrich sein Denken
bereits vollkommen in den Denk- und Sprechmodus der ausgebildeten peripatetischen
Scholastik hineingebildet hat; andererseits aber dient sie ihm nur dazu, dem von Wilhelm
vertretenen psychischen Sensismus eine schärfere und bestimmtere Ausprägung zu ver-
leihen, und das von der speculativen Scholastik vertretene gestaltgebende Formdenken
mit Hilfe des Denkapparates der scholastischen Peripatetik wieder auf den Sensismus
der vorperipatetischen Scholastik zurückzuführen. Während nämlich Wilhelm einfach
nur bei der Behauptung der sachlichen Identität der Seelenkräfte mit dem Seelenwesen
stehen bleibt, geht Heinrich auf eine Erörterung des relativen Unterschiedes beider zu
dem Ende ein, um zeigen zu können, dass das Verhältniss der erkennenden Seele zu
dem von ihr zu erkennenden Objecte nicht anders, als im Sinne seines psychischen
Sensismus gefasst werden könne. Man könne allerdings in der menschlichen Seele keine

---

[1] Vgl. unsere Abhandlung über die Psychologie und Erkenntnisslehre des Johannes Duns Scotus (Denkschriften der phil.-hist.
Classe der k. Akademie Bd. XXVI. SS. 405 ff; Separatabdruck S. 63 ff).
[2] Vgl. unsere Abhandlung über Wilhelm von Auvergne Sitzungsber. Bd. LXXIII, S. 274 (Separatabdruck S. 18).

essentielle Identität des Seins und Wirkens, Esse und Operari zugeben,[1] weil diess so viel hiesse, als sie Gott gleichmachen. Daraus folge indess nicht, dass die Substanz der menschlichen Seele in keinerlei Weise sua potentia sei, sondern nur insofern nicht, als sie nicht unmittelbar durch sich selbst in Thätigkeit trete wie Gott, welcher den Grund seines Thätigseins und Wirkens absolut in sich trägt, während alle creatürliche Thätigkeit von einer äusseren Mithilfe und Mitwirkung abhängig ist. Die menschliche Seele kann aber insofern sua potentia genannt werden, als sie ihrem Wesen nach zum Wirken, und zwar zu Wirksamkeiten ganz bestimmter Art determinirt ist, und zu denselben inclinirt. Nur geht aus der näheren Begründung dieses Gedankens sofort auch hervor, dass die cognoscitiven Vermögen der Seele bei Heinrich vorwiegend unter den Gesichtspunkt receptiver Potenzen fallen, und demzufolge von einem activen Auswirken der geistigen Erkenntniss nur in einem sehr relativen und bedingten Sinne, nämlich nur mit Beziehung auf die logisch-formale Denkthätigkeit die Rede sein könne.

Die menschliche Seele ist nach Heinrich, wie jede besondere geschöpfliche Wesenheit ein Mittleres zwischen reiner Actualität und reiner Passivität. Die reine Actualität ist Gott als Primum agens, dessen Vermöglichkeit mit seiner Wesenhaftigkeit absolut identisch ist. Wäre es nicht so, sondern das Agens primum eine Zusammensetzung aus Essenz und Potenz, so wirkte seine Potenz nicht unmittelbar durch sich selbst, wäre also nicht ein Agens primum, sondern würde vielmehr auf ein Prius, auf ein unmittelbar durch seine Essenz Wirkendes als Höheres und Urhafteres über ihm zurückweisen, von welchem die Vermöglichkeit seiner eigenen Essentialität abzuleiten wäre. Denn jede andere wirkungsfähige Substanz ausser dem Agens primum ist mit einer gewissen Passivität behaftet, und demzufolge auch mit einer bestimmten Art von Receptivität, auf welche eingewirkt werden muss, auf dass die active Vermöglichkeit eines solchen passiven Agens sich activire. In diesem Sinne ist also keine creatürliche Substanz, somit auch die menschliche Seele nicht sua potentia, und kann demzufolge weder in sich selbst, noch auf ein Anderes, mit welchem es zusammengesetzt ist, aus sich selber allein wirken — ein Satz, aus welchem Heinrich weiter auch, wie wir unten sehen werden, die Unthunlichkeit der Thomistischen Auffassung der intellectiven Seele als unmittelbarer Wesensform des menschlichen Leibesgebildes folgert.

Die reine Passivität ist in der Materia prima dargestellt. Wie alle active Potentialität zuhöchst auf Gott als Agens primum, so muss alle passive Potentialität schliesslich auf die Materia prima als urhafte Passivität und primäre passive Potentialität zurückgeführt werden, deren Wesen die reine Passivität ist, und mit dieser absolut zusammenfällt. Gleichwie die reine Materie die grundhafte Empfängerin aller Substantialformen, so ist das substantielle Compositum aus Materie und Form seiner Wesenheit nach Empfänger und Träger der accidentalen Formen; und ebenso recipiren die reinen immateriellen Formen unmittelbar durch sich selber ihre Accidenzen und sind unmittelbar durch sich selber receptiv, daher das Empfinden und Denken, welche allerdings accidentelle Operationen der Seele sind, unmittelbar aus der Wesenheit der Seele, soweit dieselbe passive Potentialität ist, hervorgehen.

Diese Ableitung des Empfindens und Denkens aus der passiven Receptionsfähigkeit der Seele charakterisirt zur Genüge den von Heinrich eingenommenen Denkstandpunkt;

---

[1] Quodlib. III, qu. 14.

Denken und Empfinden der Seele werden unter denselben Gesichtspunkt gestellt, das Intelligere erscheint da als ein geistiges Wahrnehmen, wie das Empfinden ein sinnliches Wahrnehmen ist. Die sinnliche Apperception ist nur die Vorstufe der intellectuellen Apperception, welche das Wesen des geistigen Erkennens ausmacht, und behufs ihrer Vollendung von einer göttlichen Information abhängig ist, gleichwie sie bezüglich ihrer Anfangsursache auf dem Grunde einer sensuellen Information steht. Sie ist wesentlich ein Sehen der Seele, welche, wie sie mittelst des leiblichen Auges sich in der Sinnenwelt orientirt, so durch sich selber in der intelligiblen Welt. Diese Orientirungsfähigkeit aber ist eben durch ihre Passibilität bedingt; und eben diese ist auch der Grund, aus welchem Heinrich die Abscheidung der Seelenkräfte vom Seelenwesen ablehnt. Accidenzen der Seele sind nicht ihre Wahrnehmungskräfte, sondern nur die Thätigkeiten dieser Kräfte. Die Kräfte selber sind Determinationen der Seele zu bestimmten Arten von Thätigkeiten, und diese Determinationen sind, gleichwie sie mit Rücksicht auf gewisse Einwirkungen und Receptionen geordnet sind, durch sich selber auch Bezeugungen der Passibilität der Seele als einer geschöpflichen Substanz und Potenz.

Obschon die Anschauungen eines psychischen Sensismus dem christlichen Mittelalter durchaus nicht fremd sind, vielmehr in den von der mittelalterlichen Mystik gegebenen Theorien des religiösen Erkennens eine mannigfache Darstellung und Ausführung erhalten haben,[1] wollten sie doch mit der peripatetischen Auffassung des menschlichen Seelenwesens sich nicht harmonisch verschmelzen. Heinrich war unter den Scholastikern der Erste, oder vielmehr der Einzige, der eine solche Verschmelzung für möglich hielt und auch entschiedenst anstrebte. Die vorwiegend gegenständliche Anschauungsweise der peripatetischen Scholastik mochte ihn in seinem unbefangenen Glauben an die Identität seines Sensismus mit den Grundanschauungen der peripatetischen Psychologie bestärken, obschon die Discrepanz zwischen der vorwiegend rationalen Denkauffassung des Peripatetismus und der ins Element des unmittelbaren intuitiven Erkennens tauchenden Denkweise des psychischen Sensismus für den späteren geschichtlichen Betrachter offen genug darliegt. Im Bewusstsein jener Zeit, welcher Heinrich angehört, waren freilich die Gegensätze jener beiden differenten Anschauungsweisen nicht so bestimmt und deutlich geschieden: Heinrich glaubte Peripatetiker zu sein, und nimmt in Bezug auf seine Grundanschauung vom Seelenwesen eine eigenthümliche Mittelstellung zwischen der speculativen Thomistik und zwischen Duns Scotus ein, indem er mit Thomas die Lehre von der reinen Immaterialität des Seelenwesens gemein hat, während Scotus mit Heinrich in der Polemik gegen die Abtrennung der Seelenkräfte vom Wesen der Seele zusammentrifft. Trotz dieser Berührung indess mit Thomas einerseits, mit Scotus andererseits, scheidet sich Heinrich von Beiden auf das Bestimmteste ab, und nimmt seine Stellung seitwärts von ihnen; seine Grundanschauung vom Wesen der Seele ist eine andere, als jene der beiden Männer, zwischen welchen er zeitlich in der Mitte steht. Thomas ist ungeachtet der von Scotus an ihm bemängelten passivistischen Auffassung des seelischen Erkennens nicht Sensist, weil er, die Seelenvermögen vom Seelenwesen real unterscheidend, nicht letzteres zum unmittelbaren Percipienten der ausserseelischen sinnlichen oder geistigen Wirklichkeit macht. Scotus hingegen kam trotz seiner Ver-

[1] Vgl. z. B. Bonaventura Breviloq. II, c. 11: Datus est homini (in paradiso constituto) duplex sensua, scil. iuterior et exterior, mentis et carnis. Aehnliches bei Hugo von St. Victor und Alexander Halesius; vgl. unsere Abhandlung über den Entwickelungsgang der mittelalterlichen Psychologie, Denkschriften Bd. XXV, S. 105 und 147 (Separatabdruck S. 37 und 79).

werfung des von Thomas statuirten realen Unterschiedes zwischen Wesen und Vermögen der Seele nicht Sensist sein, weil er die Seelenvermögen nicht gleich Heinrich passivistisch, sondern als active Potenzen fasst, in deren Bethätigung die Seele trotz ihrer Abhängigkeit von äusseren Einwirkungen doch relativ und bis auf einen gewissen Grad zugleich auch ihr geistiges Selbstsein behauptet. Duns Scotus repräsentirt die unausbleibliche Reaction gegen die eigenthümliche Umgestaltung, welche der Satz, dass die Seele suae vires sei, bei Heinrich durch die Versetzung seines spiritualistischen Seelengedankens mit den Lehranschauungen der peripatetischen Psychologie erlitten hatte, so zwar, dass er in das Gegentheil dessen, was er bei Wilhelm von Auvergne bedeutete, in einen Erweis der geschöpflichen Passibilität der Seele umschlug. Das Auftreten des Duns Scotus dawider bedeutet eine vom peripatetischen Standpunkt aus unternommene Wahrung und Vertretung des rationalen Elementes gegenüber den Anschauungen eines sensistischen Idealismus, welchem ungeachtet mancher tieferer Blicke die geistige Zeugungsfähigkeit schlechthin abzusprechen ist.

Damit ist denn auch die Grundursache jener anderweitigen Differenzen[1] aufgedeckt. durch welche sich Duns Scotus, in einzelnen metaphysischen Hauptpunkten mit Heinrich gegen die speculative Thomistik zusammentreffend, von letzterem grundhaft abscheidet. Scotus geht, gleich allen Scholastikern an den Unterschied und Gegensatz zwischen Form und Materie anknüpfend, von vornherein davon aus, dass er die Form wesentlich als das Thätige fasst, und sofern er eine Passibilität der menschlichen Seele anerkennen muss, diese aus der allem Geschaffenen wesentlichen Zusammensetzung aus Form und Materie erklärt, welche einzig bei Gott wegfalle. Heinrich hingegen hält mit den Thomisten daran fest, dass die Seele eine subsistente Form, d. h. ein stoffloses Formwesen sei; demzufolge muss er das passible Wesen der Seele unmittelbar in jene Anlagen und Vermöglichkeiten der Seele verlegen, in welchen diese sich als reines Formwesen bethätiget, und dieselben mit der Wesenheit der Seele sachlich zusammenfallen lassen. Von einem activen Produciren geistiger Erkenntnisse kann daher bei Heinrich nur in einem sehr untergeordneten, uneigentlichen Sinne die Rede sein, während Duns Scotus vor Allem auf dem vorherrschend activen Charakter des menschlichen Geisterkennens besteht. Freilich hat dieses active geistige Erkennen bei Duns Scotus im Grunde nur die metaphysischen Determinationen des Seienden zum Gegenstande und Inhalte, während ihm das Wesen der Dinge nur insoweit erkennbar ist, als es unmittelbar oder mittelbar Gegenstand der Erfahrung ist. Umgekehrt lässt Heinrich den Gesammtinhalt des höheren seelischen Erkennens durchwegs auf psychischer Erfahrung beruhen, welche in Kraft göttlicher Erleuchtung zu Stande kommt, und alles dem Menschen Erkennbare in das Licht der göttlichen Wahrheit rückt. Der Metaphysik substituirt sich hier die Ideologie als die einzige wahrhafte Metaphysik, deren specifischer Erkenntnissinhalt völlig in jenem der Theologie und Kosmologie aufgeht.

Die zwischen Heinrich und Duns Scotus bestehende Grunddifferenz in Auffassung des Seelenwesens reflectirt sich auch in der Ableitung der mannigfaltigen Seelenvermögen aus dem Einen Wesen der Seele. Obschon Scotus mit Heinrich in der Ablehnung eines realen Unterschiedes der Seelenkräfte vom Seelenwesen einig ist, so kommt er doch zufolge seiner Unterscheidung von Materie und Form der Menschenseele zu einer anderen

---

[1] Vgl. die oben S. 4 Anm. 1 citirten hierauf bezüglichen Nachweisungen.

Darstellung der Sache als Heinrich. Dieser lässt das Seelenwesen durch die verschiedenen ihm zugewiesenen Thätigkeiten determinirt sein, so dass die Kräfte eigentlich nichts anderes als diese verschiedenen Determinationen der Einen Seele bedeuten. Duns Scotus aber erklärt, dass die Diversification und Gliederung der Seelenkräfte unter Hinwegsehen von der Materie oder Substanz der Seele ausschliesslich mit Rücksicht auf ihre Form als Thätigkeitsprincip der Seele vorgenommen werden müsse. Und obwohl er weiter mit Heinrich die Thätigkeiten der Seele grundhaft in jene der intellectuellen und sinnlichen Vermöglichkeit der Seele theilt, so tritt doch auch in der Begründung dieser Grundtheilung wieder die Rücksicht auf das active Verhalten der Seele in den Vordergrund, während bei Heinrich das zuständliche Verhalten der Seele, je nachdem sie an sich oder nach ihrem Sein im Leibe ins Auge gefasst wird, den maassgebenden Gesichtspunct abgibt. Duns Scotus scheidet die Seelenthätigkeiten mit Rücksicht auf die Objecte, auf welche dieselben gerichtet sind, und scheidet die Objecte in unbeschränkte und in sinnlich begränzte, welche letztere dem Intellect durch Vermittelung des Leibes kund werden; den Leib selber sieht Duns Scotus nicht als etwas von der Seele Gemachtes an, daher er auch der Seele kein hierauf bezügliches besonderes Vermögen zutheilt. Er sieht in der Seele einfach nur die complirende Form des Leibes, daher die Seele als ganze uniformiter im ganzen Leibe und jedem organischen Theile desselben als perfectives Princip vorhanden sei. Dieser letztere Gedanke wird unter Berufung auf einschlägige Augustinische Stellen auch von Heinrich eindringlichst betont, aber eben hieraus zugleich gefolgert, dass die Benennungen der verschiedenen Seelenthätigkeiten nur die verschiedenen Determinationen der Einen Seelensubstanz sein können. Er lässt also die Seelenthätigkeiten mit dem Seelenwesen in einer Weise zusammenfallen, welche Scotus nicht zugestehen kann, da dieser die Form der Seele von der Materie oder Substanz der Seele unterscheidet, und als Princip der Seelenthätigkeiten ausdrücklich die Form in ihrem Unterschiede von der Materie bezeichnet. Die Seele heisst Intellect, sofern sie in sich selber thätig ist, Sinn, sofern sie in einem Sinnesorgane thätig ist; auch als Vegetationskraft kann sie bezeichnet werden, sofern ihre Verbindung mit dem Leibe die absolute Bedingung des Bestandes des Leibes ist. Rücksichtlich dieses letzteren Punktes ist Heinrich mit Scotus darin einig, dass der Leib als körperliches Gebilde seine besondere, von der Seele als intellectiver Wesensform zu unterscheidende Form habe; ebenso darin, dass die intellective Seele unmittelbar durch sich selber auch schon Sensations- und Vegetationsprincip sei, so dass dem Leibe erst mit Infundirung der intellectiven Seele Leben und Empfindung verliehen werde.[1] Thomas Aquinas lehrt bekanntlich das Gegentheil, und lässt die vegetative und sensible Seele in der erst nachträglich hinzukommenden intellectiven Seele aufgehen. Wenn Thomas sich hierin durch die Auctorität des Aristoteles leiten lässt, welchem zufolge einzig der Intellect von Aussen in den Menschen kommt, so berufen sich Heinrich und Scotus gemeinsam auf Augustinus und die pseudo-Augustinische Schrift de spiritu et anima;[2] und beide erklären fast mit denselben Worten, dass das anfänglich bloss vegetative, sodann rein animalische Leben des Embryo nichts anderes, als das stufenweise Hervortreten der ursprünglich schon complet vorhandenen Menschennatur bedeute. Dessungeachtet hat es einen ganz anderen Sinn, wenn Duns Scotus sagt, dass die intellective

---

[1] Quodlib. III, qu. 6.
[2] Spir. et Anim., c. 48.

Seele auch mit der Kraft der Sensation und Belebung begabt sei, als wenn Heinrich die intellective Seele unter Einem auch Sinn und Vegetationsprincip sein lässt. Die relative Abtrennung der Seelenkräfte vom Seelenwesen lässt den Gedanken an eine Gliederung des Seelenorganismus und an eine selbstthätige Ausgestaltung desselben in der Selbstentwickelung des inneren Seelenmenschen die Möglichkeit offen; diese wird aber völlig niedergehalten, wenn man mit Heinrich bei einer blossen mehrfältigen Determinirtheit des Einen Seelenwesens stehen bleibt. Da kann einzig von einer Ausgestaltung des Seelenwesens durch mittelbare und unmittelbare Einwirkung des Agens primum die Rede sein. Heinrich vergleicht den menschlichen Intellect mit der Materia prima, und lehrt, der Intellect verhalte sich zur Gesammtheit der universalen Formen, wie die Materie prima zur Gesammtheit der particulären Formen. Ist nun die Materia prima den Formen gegenüber wesentlich ein passiv bestimmbares Sein, so muss dasselbe auch von der intellectiven Seele gelten; in wie weit diese Auffassungsweise durch Heinrichs Lehre vom sittlichen Willen modificirt werden mag, wird sich später weisen. Es lässt sich aber schon im voraus annehmen, dass auch hier der Hauptnachdruck auf die Wirksamkeit der Gnade fallen werde; daher eine Umstellung des allgemeinen metaphysisch grundgelegten Standpunktes auch nach dieser Seite hin nicht zu erwarten ist.

Schon die Fassung, welche Heinrich dem Dualismus des Menschenwesens gibt, lässt erkennen, dass bei ihm von einer activen geistigen Durchdringung des Erkenntnissobjectes durch die denkende Seele keine Rede sein könne; denn das Verhältniss der denkenden Seele zu den Objecten ihrer Erkenntnissthätigkeit muss als Reflex der von Natur aus gegebenen Beziehungen ihres Wesens zu dem ihr eignenden Leibe gedacht werden. Obschon Heinrich versichert, dass Sein, Leben und Bestand des Leibes durch das Zusammensein desselben mit der Seele bedingt sei, steht doch in seiner Auffassungsweise der Leib der Seele als etwas völlig Aeusserliches gegenüber, ist etwas für ihn einfach Gegebenes, Vehikel und Organ von Receptionen, welche sie durch seine Vermittelung in ihr Erkenntnissleben aufzunehmen hat, um sie dem klärenden und vergeistigenden Einflusse des Agens primum unterzustellen. Von einem Reflex oder Selbstabdrucke der intellectiven Seele in dem ihr assimilirten Leibesgebilde ist und kann keine Rede bei Heinrich sein; eine derartige Assimilation würde voraussetzen und fordern, dass dem Leibesgebilde ein immanentes Leben zugetheilt werde, unter dessen Voraussetzung allein ein reciproker Verkehr zwischen Seele und Leib, und demzufolge auch eine innerlich bestimmende Einwirkung und Rückwirkung der ersteren auf letzteren denkbar wäre. Nach Heinrich aber ist, wie wir vorhin hörten, die Seele das Leben des Leibes, dieser somit eine des Lebens entbehrende Stoffbildung, deren Wesen ganz in ihrer quantitativen Körperlichkeit und deren artificieller, den Functionen des Seelenwesens angepassten Gestaltung aufgeht. Diese Gestaltung ist, obschon unter Obmacht der Verbindung des Körpers mit der Seele sich entwickelnd, etwas vom Zuthun der Seele unabhängig sich Entwickelndes, somit in der That der Leib der Seele etwas an sich Fremdes, was zu dem Platonismus Heinrichs vollkommen passen mag, aber mit der durch die Idee des Menschenwesens geforderten Einheit desselben nicht harmonirt.

Nun behauptet allerdings Heinrich,[1] dass auch er für die Weseneinheit des Menschen einstehe, und verwirft eben so sehr die platonische Ansicht, welcher zufolge der Leib

[1] Quodlib. III, qu. 15: Etiamsi ratione non perfecte comprehendere possumus, tamen fide semper tenebimus, quod anima sit forma et actus humani corporis per suam substantiam ut naturalis ejus forma, datur ei esse substantiale.

nicht mehr und nichts anderes, denn blosses Instrument der Seele wäre, als er die Averroistische Ansicht zurückweist, welche die intellective Seele als eine vom empfindungsfähigen Sinnenleibe getrennte Substanz fasst. Diese Ansicht würde, auf das günstigste ausgelegt, etwa jener Platos gleichkommen, oder aber, was näher liegt, den Intellect als etwas nicht zum Wesen oder zur Substanz des Menschen Gehöriges erscheinen lassen. Denn die Sinnenbilder verhalten sich zum Intellectionsact, wie die Sinnendinge zum Empfindungsacte: wie nun Sinnending und Empfindungsorgan von einander geschieden sind, müssten, wofern sich die Verbindung des Intellectes mit der Anima sensibilis auf die Gemeinschaft des Zusammenwirkens zu beschränken hätte, auch die Anima sensibilis und der Intellect zwei von einander geschiedene Realitäten sein. Daraus folgt, dass der Intellect als natürliche, completive Form des Menschenwesens gedacht werden müsse. In diesem Sinne also, und aus diesem Grunde will Heinrich principiell Aristoteliker sein: sein Peripatetismus unterscheidet sich aber von jenem des Thomas Aquinas dadurch, dass er das Verhältniss der Intellectivform zum Stoffe der sinnlichen Leiblichkeit durch eine dem Leibe als Körper eignende Wesensform vermittelt sein lässt, während nach Thomas die intellective Seele unmittelbar schon durch sich selber die Wesensform des Leibes als Körpergebildes ist. Wir haben bei anderen Anlässen entwickelt, dass Thomas hinter der richtigen Auffassung der Seele als Wesensform des Menschen zurückbleibt, indem er nicht dazu kommt, sie als active Fassung der sinnlichen Leiblichkeit zu erkennen: wir wiesen auch auf die Consequenzen dieser unzureichenden Auffassung des Begriffes der menschlichen Wesensform auf erkenntnisstheoretischem Gebiete hin.[1] Wir hoben namentlich auch hervor, dass der Gedanke von einem Enthaltensein der Seele im Leibe ohne Rücksichtnahme auf das zugleich statthabende umgekehrte und zwar primäre Verhältniss eines Enthaltenseins des Leibes in der Seele als lebendigen activen Umschlusses der sinnlichen Leiblichkeit die Erkenntniss des Unterschiedes zwischen den aus der sinnlichen Erfahrung abstrahirten Begriffen und den aus dem selbsteigenen Sein und Wesen der geistbegabten Seele herauszusetzenden Ideen nicht aufkommen lasse, und dass in Ermangelung der Erkenntniss dieses Unterschiedes die peripatetische Scholastik bei der Assertion eines Abstrahirens der Species der Sinnendinge aus der sinnlichen Apperception der Sinnendinge stehen bleibe — ein Gedanke, der entschieden unwahr ist, wenn unter Species die Idee des Dinges verstanden werden soll. Hier haben wir hinzuzufügen, dass die Thomistische Auffassung der Seele als Wesensform des Menschen wenigstens im vollkommenen Einklange mit jener erkenntnisstheoretischen Assertion stehe, indem nämlich Thomas das vegetative und sensitive Animationsprincip in die nachfolgend hinzutretende intellective Seele aufgehen, diese aber in den Leib als ihren locus proprius eingesenkt werden lässt. Anders aber verhält es sich bei Heinrich von Gent, welcher die Leiblichkeit als solche der Seele äusserlich gegenüberstehen lässt, und demzufolge die leibliche Sensation nur als Gelegenheitsursache des in der Seele selber aus Anlass ihres Contactes mit dem Sinnenobjecte aufleuchtenden Gedankens desselben ansehen kann;[2] und dessungeachtet spricht auch Heinrich von einem Abstrahiren der Species intelligibiles der Dinge aus der sinnlichen Apperception derselben. Hier liegt offenbar eine unklare Fusion von Platonismus und Aristotelismus vor, deren Möglichkeit sich daraus erklärt,

[1] Vgl. unsere Abhandlung über die Psychologie und Erkenntnisslehre des Johannes Duns Scotus Denkschr. XXVI, S. 385 Separatabdruck 43).

[2] A. a. O., S. 407 (Separatabdruck 65 f).

dass Plato unter den Ideen nichts anderes als die Allgemeinbegriffe der sinnlichen Einzeldinge versteht; aus diesem Grunde glaubt auch Heinrich[1] sagen zu dürfen, dass in erkenntnisstheoretischer Beziehung ein wesentlicher Unterschied zwischen Plato und Aristoteles nicht bestehe. Mit dieser Behauptung steht freilich auch eine theilweise Modification des Begriffes der abstractiven Thätigkeit in Verbindung. Während nämlich das Abstrahiren bei Thomas ein Hervorziehen des Wesensbegriffes eines Dinges aus dessen sinnlich plastischer Darstellung bedeutet, hat es bei Heinrich eigentlich nur die Bedeutung eines Determinirtwerdens der Seele als Intellectivpotenz durch die Species intelligibilis, von welcher afficirt die Seele die förmliche Erkenntniss des Dinges aus sich selbst erzeugt. Diese förmliche Erkenntniss, von Heinrich auch Wort genannt,[2] ist eine in der Seele erzeugte Form, welche der Seele als intellectiver Potenz eingezeugt, durch diese actuirt wird. Von einem Hervorziehen des Wesensbegriffes eines Sinnendinges aus der sinnlichen Erscheinung desselben kann bei Heinrich darum keine Rede sein, weil er den Intellectus agens nicht als eine von der Essenz der Seele unterschiedene Kraft kennt; demzufolge wandelt sich ihm die Thomistisch-peripatetische Theorie von der Gewinnung des Wesensgedankens in einen Naturprocess um, bei welchem die Seelensubstanz die Rolle eines mütterlichen Fomentes bildet, mittelst dessen aus der in sie samenartig hineingeworfenen Species des Sinnendinges der Intellectivgedanke des Dinges gezeitiget und ausgeboren werden soll. Die solcher Art entstandene Notitia mentis ist der Wiederschein des sinnlichen Dinges in der durch die intellective Seele repräsentirten höheren intellectiven Sphäre. Diese Auffassungsweise ist der Anschauung Heinrichs vom menschlichen Wesensdualismus conform, zufolge dessen im Menschen ein doppeltes formaliter verschiedenes Esse zu einer Substanz und Wesenheit verbunden ist. Thomas weiss nichts von einem solchen Wesensdualismus. und fasst die Eine Form des Menschenwesens einfach als das Thätige gegenüber der sinnlichen Stofflichkeit; Heinrich, der das Seelenwesen vom Leibwesen formaliter abscheidet, fasst am Seelenwesen die active und passive Seite in's Auge, unter vorwiegender Betonung der letzteren, welche sich dem auf das thätig formende Wirken der Seele gerichteten Denken des Thomas in eine unerforschliche Dunkelheit zurückzieht. Die Seeleninnerlichkeit des Menschen blieb indess auch für Heinrich etwas Verhülltes und nicht weiter zu Ergründendes, obschon er durch Abscheidung des Seelenwesens von der dem menschlichen Körper als solchem eignenden Wesensform einen Schritt weiter zur Ergründung des selbstigen Wesens desselben thun zu wollen schien. Das Hinderniss eines erfolgreichen Weiterschreitens lag vor Allem schon in dem Stehenbleiben bei der abstract allgemeinen Wesensbestimmung der Seele als Formwesen, die eben nicht weiter reichte, als bis dahin, den universalistischen Charakter des Seelenwesens und das ontologisch-metaphysische Verhältniss derselben zur sinnlichen Leiblichkeit exact zu bezeichnen. Ein anderes Hinderniss war für Heinrich die unbedingte Vereinerleiung der Anima intellectiva und Anima sensibilis, welche für ihn die Folge nach sich zog, das Seelenwesen vorherrschend unter dem Gesichtspunkte seines receptiven Verhaltens ins Auge zu fassen. Allerdings lässt auch Duns Scotus die Sensibilität unmittelbar mit dem Wesen der menschlichen Seele gegeben sein, unterscheidet aber in dieser Materie und Form, und ist kraft dieser Unterscheidung befähiget, das

---

[1] Summ. theol., qu. 1, art. 2.
[2] Quodlib. I, qu. 13.

Active und Selbstthätige im menschlichen Seelenwesen zu grösserer Geltung gelangen zu lassen, ohne es freilich weiter als bis dahin zu bringen, die Selbstigkeit der Seele in der Herrschaft des sittlichen Willens zu erfassen. Bei Thomas tritt die Idee der Selbstigkeit gänzlich hinter jene der Versenkung der Seele in das absolute Object des intellectiven Erkennens zurück, aber unter Wahrung der reinen Intellectivität der menschlichen Seele, zu welcher sich die Belebungs- und Empfindungsthätigkeit, obschon im Wesen der Seele selber begründet, als etwas in Folge der Verbindung mit der sinnlichen Leiblichkeit Hinzugekommenes verhalten. Dass es hiebei, und in der Scholastik gemeinhin, an der richtigen Auseinanderscheidung und der hiedurch bedingten vollkommenen, tiefsten Vermittelung zwischen der geistig-seelischen und sinnlichen Lebendigkeit des Menschen fehle, braucht kaum im Besonderen bemerkt zu werden.

Heinrich begründet[1] den von ihm aufgestellten anthropologischen Dualismus in folgender Weise: In jedem Compositum aus Materie und Form sind zwei verschiedene Esse vorhanden; und in ähnlicher Weise müssen weiter auch die aus der Materie educirte Form des Körperlichen als solchen, und die in belebten Körpern hinzukommende Wesensform als zwei dem Sein nach verschiedene Formen genommen werden. So seien also im Menschen eigentlich drei sachlich verschiedene Esse vorhanden, was indess nicht hindere, das aus ihnen zusammengesetzte menschliche Wesen als ein wahrhaft und substanziell Eines zu begreifen, weil die drei Componenten ihr Sein nur kraft ihrer Composition und in derselben haben. Denn das Esse des Stoffes des Menschengebildes ist an sich ein bloss potentielles, nicht actuelles Esse, und auch die Actualisirung der Menschengestalt durch die ihr eigene Form ist nicht möglich ohne Hinzutritt der rationalen Form, gleichwie im Thiere der Bestand des vegetablen Seins und Wesens, welches das Substrat der Formation durch die Anima sensibilis ist, ohne diese hinzutretende Form nicht denkbar ist, obschon in den Pflanzen das vegetable Sein ohne Sensibilität, und in den Thieren das sensible Sein ohne Hinzutritt der Rationalität subsistiren kann.

Der allgemeine Sinn dieser Erklärung ist, dass die sichtbaren, sinnfälligen Dinge dasjenige sind, wozu sie Gott aus der Materie macht, oder zu machen im voraus beschlossen hat. Das Entscheidende ist hierin das ursprüngliche creative Wirken Gottes,[2] durch welches die Arten und Stufen des körperlichen Seins bleibend festgestellt worden sind. Der bei der Fortpflanzung der schon bestehenden Arten mit der göttlichen Ursächlichkeit concurrirende Miteinfluss der kosmischen Mittelursachen ist sicher weit geringer, als im thomistisch-aristotelischen Kosmismus, obschon eine ausdrückliche Aeusserung hierüber bei Heinrich nicht vorliegt. Im Allgemeinen reproducirt auch er die aristotelischen Sätze über die Erzeugung und Auflösung der generablen irdischen Körper und Wesen, unter Anderem auch den Satz: Homo et Sol generat hominem,[3] lehnt aber, wie wir oben sahen, die von Thomas aus diesem Satze gezogene Folgerung ab, dass die nachfolgend von der intellectiven Seele virtuell in sich aufgenommene Anima sensibilis aus der Materie educirt werde, obschon er die Thierseele in der That auch aus der Materie educirt werden lässt. Man kann sich diesen Umstand einfach nur dadurch erklären, dass er die zu seiner Zeit in den Schulen gelehrte aristotelische Physik und

¹ Quodlib. III, qu. 15.
² Cum primo de terris et aqua producta sunt jussu Dei plantae et animalia, semen non erat in terra vel aqua producendo, sed vis quaedam a Deo indita ad producendum perfecta, ex quibus postmodum producenda erant semina. Quodlib. IV, qu. 14.
³ Quodlib. III, qu. 16; IV, qu. 14.

Kosmologie einfach hinnahm, ohne sich genauer zu fragen, ob sie mit seinem Seelen-
begriffe sich vollkommen vermitteln lasse. Für seine Ablehnung einer Eduction der
menschlichen Anima sensibilis aus der Materie hat er allerdings auch einen besonderen
Grund anzuführen, jenen nämlich, dass eine derartige Anschauung averroistisch d. i.
naturalistisch sei, und einen unvermittelten Dualismus zwischen dem Princip des menschlichen Intellectivdenkens und der sinnlichen Lebendigkeit des Menschen involvire. Der
antiaverroistische Antinaturalismus Heinrichs wird wohl darin bestehen, dass den in der
Materia latirenden Formen, welche unter Obmacht der siderischen Bewegungen in der
tellurischen Sphäre der Generabilien educirt werden, die göttlichen Ideen als höchste
activirende Mächte substituirt werden, durch deren Wirken jenes der secundären Wirkungsursachen ergänzt und complirt wird.[1] Diese Auffassungsweise ist sowohl durch die
Definition, welche Heinrich von den göttlichen Ideen gibt,[2] als auch durch den Umstand nahegelegt, dass er das Wirken der secundären Formursachen sichtlich herabdrückt,
während er das Esse der Materie, der Form gegenüber, sichtlich stärker betont, als diess
im thomistischen Peripatetismus der Fall ist. Er verfolgt hiebei ein doppeltes christlich-
theologisches Interesse; zunächst einmal ist ihm darum zu thun, den creatürlichen Charakter der sichtbaren Dinge oder das Sein derselben ausser Gott in möglichst augenfälliger
Weise ersichtlich zu machen,[3] sodann aber auch die Receptivität des creatürlichen Seins
im Bereiche der sichtbaren Körperwelt eben so entschieden zu betonen, als wir ihn
dasselbe bereits in Bezug auf das Wesen und Erkenntnissleben der Seele thun sahen.
Dadurch, dass er der Materie ein Esse ohne Beziehung auf die Form beilegt, glaubt er
sich in keinen Widerspruch mit den Auctoritäten eines Plato und Aristoteles zu setzen,
sondern die philosophischen Bestimmungen der Beschaffenheit der Materie durch die
theologische zu ergänzen, welche den participativen Charakter alles creatürlichen Seins
im Auge hat, und gewisser Maassen die absolute, für alles Geschaffene gleichmässig
geltende Bestimmtheit des creatürlichen Seins hervorhebt, während die philosophischen
Bestimmungen des Seins und Wesens der Materie relative Bestimmungen sind d. h. das
Verhältniss der Materie zur Form im Auge haben.[4] Das in theologischem Sinne gemeinte
Esse der Materie ist ein Esse simpliciter, welches die Materie selbst im absolut form-
losen Zustande muss behaupten können, weil es nicht von der Form, sondern von Gott,

[1] Calor solis et stellarum divisus in terra et aqua generat animalia nata ex putrefactione, et universaliter omnia quae fiunt non ex semine. Calores ergo generati ex caloribus stellarum generantes quamlibet speciem specierum animalium habent mensuras proprias illius caloris ex quantitatibus motuum stellarum et dispositionibus earum ad invicem in propinquitate et remotione. Et ista mensura procedit ab arte divina intellectuali, quae est similis uni formae unius artis principalis, sub qua sunt artes plures. Secundum hoc ergo intelligendum est, quod natura facit aliquid perfecte et ordinate, quamvis non intel-ligat, quasi esset remediata ex virtutibus agentibus nobilioribus, quae dicuntur intelligentiae. Et ideo dicitur, quod omnes proportiones et formae sunt in potentia in prima materia, et in actu in primo motore, et assimilantur aliquo modo esse ejus, quod fit in anima artificis. Quodlib. III, qu. 14.

[2] Sunt namque ideae principales quaedam formae vel rationes aeternae, quae divina intelligentia continentur, secundum quas formatur omne quod oritur et quarum participatione fit, ut sit quicquid est, quomodo est. Participatione dico, non naturae sive essentiae identitate, quemadmodum individuum participat speciei sub qua est, sed imitatione tantum, quemadmodum exemplatum participat formam exemplaris. Quodlib. VII, qu. 1.

[3] Quia igitur materia non ita est prope nihil, nec ita in potentia, quin sit aliqua natura et substantia, quae est capax for-marum differens per essentiam a forma, nec habet esse suum, quo est quid capax formarum, a forma sed a Deo, et imme-diatius quam ipsa forma, ita quod ipsarum formarum productio quodammodo magis proprie poterit dici formatio quaedam de ipsa materia quam creatio, non est dicendum propter debile esse et potentiale materiae, quod omnino possibilitas esse ejus dependeat a forma, sed magis e converso, imo ipsa est susceptibilis esse per se, tanquam per se creabile et proprium habens ideam in mente creatoris. Quodlib. I, qu. 10.

[4] Quodlib. I, qu. 10.

durch dessen Participation sie es hat, abhängt; freilich wäre die Seinsfortdauer der aller
Formen entblössten Materie nicht ein natürliches, sondern ein durch einen supranaturalen
Erhaltungsact gewirktes Ereigniss. An der Möglichkeit desselben glaubt indessen
Heinrich um so mehr festhalten zu müssen, als sonst auch die Möglichkeit einer Subsistenz
der Accidenzen ohne Subject in Abrede gestellt werden müsste, während das kirchliche
Dogma an der Thatsächlichkeit einer derartigen Subsistenz festzuhalten gebiete. Das
Letztere ist unrichtig, das Erstere nur eine abstracte Denkmöglichkeit, die niemals
sich realisiren kann, weil sie mit der realen Beschaffenheit der Dinge nicht vereinbar
ist. Schon der Gedanke an eine solche abstracte Denkmöglichkeit ruht auf einer, mit
der heutigen concret-realen Naturanschauung nicht mehr verträglichen Denkannahme,
auf dem Begriffe der sogenannten reinen Materie, der eine reine Denkabstraction ist.
Die Schwierigkeit, diesen Begriff denkend zu fassen, hat unter den Scholastikern wohl
niemand umständlicher als eben Heinrich selber besprochen,[1] und die von ihm getroffene
Auskunft, ihn mittelst des von ihm vorgeschlagenen sogenannten theologischen Begriffes
des Esse als Bezeichnung von etwas an sich Seienden fassbar zu machen, könnte am
ehesten als Geständniss seiner philosophischen Unfassbarkeit acceptirt werden. Er ist
aber nicht bloss unfassbar, sondern auch unzulässig, weil er die Annahme involvirt,
dass der Stoff nicht schon als solcher lebendig, sondern das Leben etwas zum Stoffe
Hinzugekommenes sei. Die Consequenzen hievon reflectiren sich auf anthropologischem
Gebiete in den beiden vorhin besprochenen einander antithetisch gegenüberstehenden
Einseitigkeiten, zufolge welcher die Seele einerseits selber unmittelbar das Leben des
Leibes ist und wirkt, andererseits aber den Leib zufolge seiner Körperlichkeit nicht
wahrhaft als Macht des Lebens zu durchdringen vermag.

In seinem Eifer, den Begriff der reinen Materie als denknothwendige Voraussetzung
aller Bildungen derselben zu vertreten, bestreitet Heinrich umständlich die nach Albert
der Materie concreirten Rationes seminales, deren Annahme für sich allein freilich nicht
hinreicht, die in antik-peripatetischer Weise aufgefasste Kosmologie über ihren Standpunkt hinauszuführen, und für den Fall, dass der Anfang des Naturdaseins als lebendige
Projection eines alle möglichen Determinationen des Naturdaseins in sich schliessenden
göttlichen Gedankens gefasst wird, sogar überflüssig, wo nicht unmöglich erscheint, aber
doch wenigstens die Generation und Propagation lebendiger Wesen in Kraft der dem
Stoffe immanenten Agentien erklärlich macht. Bei Heinrichs Neigung, die sinnliche
Vitalität nur als einen höher gesteigerten Grad passiver Receptionsfähigkeit zu fassen,
können Erwägungen solcher Art, welche Albert zur Annahme der Rationes seminales
vermochten, nicht durchgreifen: ihm ist ungleich mehr darum zu thun, die absolute
Obedientialität der Materie gegenüber dem göttlichen Machtwirken zu erhärten, während
er die Annahme von Rationes seminales auf dialektischem Wege eliminiren zu können
glaubt. Auch gibt er nicht zu, dass Augustinus die von ihm behaupteten Rationes
primordiales der Körperdinge als der Materie concreirte Formanfänge verstanden hätte;
dem widerspreche der Unterschied, welchen Augustinus[2] zwischen der leiblichen Abkunft
Levi's und Christi aus Abraham's Lenden mache. Wären in der Materia prima alle
Gestaltungen, in welche sie hineingebildet werden kann, schon keimartig enthalten, so

[1] L. c.
[2] Gen. ad lit. X, c. 20.

würde der Unterschied zwischen natürlicher und übernatürlicher Entstehung der Dinge aufgehoben und Gott würde auch da, wo er als übernatürliches Agens unmittelbar in die natürliche Ordnung der Dinge eingreift, nur eine natürliche Wirkung hervorbringen, was sicher gegen Augustins Meinung sei. Diess ist nun allerdings richtig; hinzugefügt hätte aber werden sollen, dass die Augustinische Schöpfungslehre sich überhaupt mit der scholastisch-peripatetischen Kosmologie nicht decke, mag diese in der von Albert ihr gegebenen Gestaltung, oder in der von Heinrich recipirten Ausdeutung ins Auge gefasst werden. Denn unter den Primordialursachen der besonderen Dinge, die mit den allgemeinen Lebenskreisen, welchen jene Dinge angehören, zugleich geschaffen wurden, versteht Augustinus zunächst und unmittelbar doch nur die in jene Lebenskreise oder allgemeinen Elemente projicirten göttlichen Schaffensgedanken, in welchen die Engel, die Zeugen der Erschaffung der sichtbaren Welt und Erdnatur, die Ideen der Dinge schauten. So weit diese göttlichen Gedankenprojectionen zugleich auch sinnliche Realitäten waren, sind sie allerdings zugleich die Keime des Lebendigen gewesen, von welchen die Elemente geschwängert waren, und man hat Heinrich zuzugeben, dass diese Keime etwas zum recipirenden Elementarstoffe Hinzugekommenes waren. Sofern aber Augustinus die Keime aller Sonderwesen mit der Materie zugleich geschaffen denkt, und eine Schaffung der Materie ohne dieselben geradezu undenkbar findet, weiter überdiess eine grosse Zahl dieser Keime im untheilbaren Momente des Einen Creationsactes auch schon vollkommen entwickelt werden lässt, so dass die Schöpfung schon im ersten Momente ihres Seins voll Gestalt und Leben war, erscheinen Form und Materie so unlöslich in der Idee des Wirklichen und Lebendigen mit einander verbunden, dass für den Gedanken eines Ansichseins der reinen Materie kein Raum mehr bleibt. Nun gewinnt aber Heinrich die metaphysische Unterlage seiner Kosmologie eben nur durch Zurückgehen auf den Gedanken der reinen Materie,[1] und adoptirt die gesammte, auf diese Gedankenabstraction gebaute peripatetische Kosmologie mit ihrer Formenlehre und der damit zusammenhängenden Auffassung des Verhältnisses der tellurischen Sphäre zu der ihr übergeordneten siderischen Welt; und so darf man wohl sagen, dass sich ihm die Augustinische Weltlehre unvermerkt in etwas von derselben Verschiedenes hinüberbildet, was, im Principe wenigstens, durch die Augustinische Auffassung bereits relativ überwunden ist. Das der Aristotelischen Kosmologie Eigenthümliche ist die Lehre von der Eduction der Formen aus der Materie unter Obmacht der himmlischen Bewegungs- und Gestaltungsursachen: diese Lehre ist Augustinus fremd, bei welchem jene siderischen Einflüsse durch die, dem von Gott gestalteten Erdendasein immanenten Keime und Potenzen wenigstens insoweit ersetzt sind, dass nicht der unter Voraussetzung einer völlig gestaltlosen Materie nothwendige Wirkungsgrad der siderischen Potenzen gefordert werden muss. Aristoteles, welcher von einer δαιμονία φύσις spricht, lässt die irdische Lebewelt von den göttlichen Potenzen der siderischen Welt durchgeistet sein. Dem christlichen Theologen Heinrich kann natürlich eine derartige poetische Vergötterung

---

[1] Materia dicitur subjectum secundum triplicem statum. Uno scil. modo, prinusquam actu transmutatur ad formam; et tunc dicitur subjectum absolute. Alio, inquantum jam actu transmutatur ad formam; et tunc dicitur, quod est subjectum generationis et ens in potentia, medium inter non ens purum, quod nihil omnino, et ens simpliciter, ut vult Philosophus in 2 Metaph. et 5 Phys., et similiter Plato in Timaeo. Tertio modo, in quantum actu est sub forma; et tunc habet in actu esse illius formae, ad quam, quantum est de se, erat in potentia, habens solummodo actum essentiae suae, quam recipit a creante, secundum quam materia est ingenerabilis et incorruptibilis. Quodlib. IV, qu. 11.

der Natur nicht in den Sinn kommen; aber eben desshalb blieb ihm von der tellurischen Physik des Aristoteles nur ein entgeistetes Residuum übrig, dessen ontologische Distinctionen und Formeln die nöthigen Handhaben zur Erklärung der Erzeugung des Lebendigen im Bereiche der Erdwelt nicht darboten. Hier blieb also nichts Anderes übrig, als entweder einfach, wie es später die Cartesianer thaten, sich auf den Standpunkt der mechanischen Naturbetrachtung zu stellen, oder die Lebendigkeit der irdischen Lebewesen aus der Concurrenz der universalen göttlichen Thätigkeit zum irdischen Zeugungsleben zu erklären. Heinrich traf bezüglich dieses Punktes keine bestimmte Entscheidung; ihn hinderte hieran die dazumal als gemeingiltige Doctrin recipirte peripatetische Weltlehre, die auch für ihn als etwas schlechthin Gegebenes feststand. Zum Theile mag man sich sein Begnügen mit einer unzureichenden Erklärung des Lebendigen im Bereiche der Erdwelt aus seinem relativen Platonismus erklären, obschon er im Interesse des christlichen Schöpfungsglaubens den platonischen Begriff der Materie nicht unwesentlich modificiren zu müssen meinte. Auch seine gegen Thomas Aq. gerichtete Behauptung der rationalen Erweisbarkeit eines zeitlichen Weltanfanges hängt mit jener Modification des antiken platonisch-aristotelischen Begriffes der Materie zusammen; denn dieser Begriff involvirt überhaupt einen vom göttlichen Wollen unabhängig vorhandenen Materialgrund der Welt, und der aristotelische Begriff der Materie durch sich schlechthin die Ewigkeit der Welt, deren Nothwendigkeit von Thomas nur durch dialektische Gründe und unter Voraussetzung des christlichen Gottesbegriffes abgelehnt wird. Heinrich aber kann, sofern ihm die Materie mehr als blosse Seinsmöglichkeit ist, schon die Geschöpflichkeit der Materie als solcher, abgesehen von ihrer unzertrennlichen Verbindung mit einer gestaltenden Form, behaupten, und aus der Idee der Geschöpflichkeit als solcher deducirt er dann weiter[1] die Unmöglichkeit eines anfangslosen Seins des Geschaffenen. Geschaffenwerden ist Uebersetztwerden aus dem Nichtsein ins Sein, involvirt also ein dem Sein der Creatur vorausgehendes Nichtsein derselben. Hiedurch unterscheiden sich die geschaffenen Dinge von den in das immanente Leben Gottes fallenden Hervorbringungen, die natürlich ewig sind. Im Zusammenhange mit der Geschöpflichkeit der Dinge betont Heinrich auch die Aussergöttlichkeit derselben entschiedener, als es bei Thomas Aq. der Fall ist, welcher das Suum esse der göttlichen Wesenheit als erster und höchster Seinsursache vindicirt, während es Heinrich auch für die Creaturen in Anspruch nimmt.[2] Es sei allerdings ganz richtig, dass das creatürliche Sein ein participatives, von Gott mitgetheiltes Sein sei. Damit ist jedoch ein Esse suum der Creatur durchaus nicht ausgeschlossen. Man habe nämlich zu unterscheiden zwischen dem Esse essentiae und dem Esse actualis existentiae: das letztere ist in den Creaturen allerdings ein mitgetheiltes Sein, wie der Begriff des Geschaffenseins involvirt, das Esse essentiae bezeichnet als eigentliches Wesen eines geschaffenen Dinges doch sicher ein selbsteigenes Sein, ein Esse suum desselben, zu welchem das Esse actualis existentiae als Zweites hinzukommt. Wäre das Esse essentiae selber wieder etwas Participatives, so müsste man nach dem denknothwendig vorauszusetzenden theilhabenden Träger desselben fragen, welchem das Esse suum nicht abgesprochen werden könnte, ohne in einen sinnlosen Regressus in infinitum zu verfallen. Da aber auch jener theilhabende Empfänger des Esse essentiae

[1] Quodlib. I, qu. 8.
[2] Quodlib. I, qu. 9.

sich nicht ermitteln lässt, so hat man beim Esse essentiae als unmittelbar gegebenem Träger des Esse actualis existentiae stehen zu bleiben. Das Esse essentiae — meint Heinrich — könne nur pantheistischer Weise als participatives Sein verstanden werden. Man sagt da, die Creaturen verhalten sich zu Gott wie die Luft zur leuchtenden Sonne, welche die an sich dunkle Luft mit Licht durchdringt; die Dunkelheit der Luft bedeute die Finsterniss des Nichtseins, die Erleuchtung der Luft die Seinsmittheilung an das Nichtseiende. Dieser Vergleich gehört indess ausschliesslich dem imaginativen Denken an; es geht nicht an, die Wesenheit der Creatur mit der gegen Licht und Dunkel indifferenten Luft zu vergleichen. Sie muss vielmehr mit dem von der Sonne ausgesendeten Strahle verglichen werden, nur so indess, dass dieser als in sich subsistirend, und nicht durch Naturnothwendigkeit hervorgebracht gedacht werde. Der in solcher Weise gedachte Strahl wäre seiner Wesenheit nach Licht und ein Bild des Sonnenlichtes, und hätte zufolge dieser seiner Aehnlichkeit mit dem Sonnenlichte auch an der Natur desselben Theil; er wäre also unmittelbar durch seine Wesenheit und nicht wie die Luft durch etwas zur Wesenheit Hinzukommendes ein am Sonnenlichte Theilhabendes. Dasjenige, was ein Ding seiner Wesenheit nach ist, kann demselben nicht von aussenher zufallen, es ist dieses, was es ist, durch sich selber. Anders verhält es sich mit dem Wirklichsein oder Wirklichwerden dessen, was ein Ding seinem Wesen nach ist; dieses Wirklichsein erlangt das geschöpfliche Ding durch Creation oder durch Generation aus einer schon vorhandenen Materie. Das Esse actualis existentiae ist allerdings für die geschöpfliche Wesenheit etwas Accidentelles, sofern nämlich jene Wesenheit sein oder auch nicht sein kann; aber diese Accidentalität ist nicht eine Accidenz sachlicher Art, welche zu einer bereits vorhandenen Sache hinzuträte, sondern bedeutet einfach das Gesetztsein derselben durch den göttlichen Willen. Wie also das geschöpfliche Ding durch seine Essenz auf sein Urbild im göttlichen Denken, so ist es durch sein Actualiter esse auf den göttlichen Willen bezogen.

In solcher Weise glaubt Heinrich den creatürlichen Charakter des Geschaffenen als eines von der göttlichen Wesenheit unterschiedenen Seins und damit auch das Esse suum alles Creatürlichen gewahrt zu haben. Ob mit ausreichendem Erfolge — ist eine andere Frage. Die oben angeführte Ausdeutung des von der strahlenden Sonne hergenommenen Bildes hat zu ihrer Voraussetzung den Gedanken, dass Gott nur etwas ihm Aehnliches hervorbringen könne, und die Gesammtschöpfung in abwärts steigender Ordnung alle denkbaren Hauptgrade der grösseren oder geringeren Seinsähnlichkeit der Creatur mit Gott darstelle. Man begreift, wie Heinrich zufolge dieser seiner Grundannahme daran festhalten muss, auch der Materie als solcher einen, wenn auch noch so schwachen Grad von Actualität und Form zuzusprechen, obwohl hiedurch der Gedanke der reinen, blossen Materie aufgehoben wird, die als solche doch gewiss nicht irgend eine Spur von gottähnlichem Sein vorweisen, sondern einzig das Gott unähnlichste Sein bedeuten kann. Daraus würde nun zunächst folgen, dass Gott die reine Materie als solche gar nicht schaffen könne — weiter aber, wofern man sie nicht in antiker Weise als ungeschaffen und gleichewig mit Gott denken will, dass sie nur eine reine Gedankenabstraction sei, welche die letzte Unterlage für die Idee einer in abwärts steigenden Graden verwirklichten geschöpflichen Repräsentation des göttlichen Seins darbieten soll. Man wird zugeben, dass jene Unterlage gleichsam einen dunklen Rest darstellt, der in der lichten Idee einer tellurischen Repräsentation des Göttlichen nicht aufgehen will; will man nicht im Sinne eines, bei einer unerklärten Thatsächlichkeit stehenbleibenden Empirismus sich mit der Nichteliminirbarkeit jenes Restes beruhigen, so wird man sich entschliessen müssen, das unbefriedigend gelöste Problem auf's Neue aufzunehmen, und eine vertieftere Lösung desselben wenigstens versuchsweise in Angriff zu nehmen. Nur wird jener, auch in einer anderweitigen Fassung des Problems nicht eliminirbare Rest von vorneherein zu einer nicht unbeträchtlichen Modification der Idee der göttlichen Repräsentation der Schöpfung nöthigen. Davon, dass die geschaffenen Dinge schon als solche das göttliche Urwesen repräsentiren, wird keine Rede sein können; eine derartige Anschauung konnte sich nur auf Grund des antiken Dualismus von Stoff und Form bilden, unter dessen Voraussetzung alles in den Stoff Hineingebildete als Abdruck der absoluten Urform erscheinen musste. Nun kennt aber Heinrich stofflose Formwesen, von welchen auch er zugeben muss, dass sie von den stofflichen Dingen und Lebewesen wesenhaft verschiedene Existenzen seien: die Wesensähnlichkeit mit Gott, welche den stofflosen Wesen zufolge ihrer Immaterialität zukommt, wird den stofflichen Existenzen nothwendig abzusprechen sein. Letztere können nur als Repräsentationen göttlicher Gedanken, nicht aber als geschöpfliche Repräsentationen des göttlichen Seins und Wesens gelten. An die Stelle der Wesensähnlichkeit mit Gott wird bei letzteren die Wesensunähnlichkeit treten. Es lägen somit in beiden Arten von Wesenheit zwei differente Ausdrücke der Idee der Geschöpflichkeit vor, von welchen keiner die Idee der Geschöpflichkeit erschöpft, indem sie jeder derselben nur particll und in relativer Einseitigkeit darstellt. Der complete Ausdruck der Idee der Geschöpflichkeit involvirt ein Wesen, welches beide Grundarten geschöpflicher Bestimmtheit in sich vereiniget; die Incinbildung derselben ist der Mensch, der als solcher das Schlussglied der Schöpfungsidee und den Abschluss der Schöpfung bildet. Er ist die auf Grund der beiden durch sein Dasein vorausgesetzten antithetischen Positionen des Schöpfungsgedankens verwirklichte concretisirte Zusammenfassung des Schöpfungsgedankens, der concretisirte Ausdruck des Gesammtinhaltes der Schöpfungsidee. Aus dem Gesagten resultirt, dass die Schöpfung, zu deren Begriffe es gehört, dass sie neben dem mit Gottes Sein Aehnlichen auch das demselben Unähnliche darstelle, nicht schon durch sich selbst eine Repräsentation Gottes sein könne, eine solche vielmehr nur auf Grund der bereits verwirklichten Schöpfung innerhalb derselben statthaben könne; dass ferner der Mensch als specifischer Repräsentant der Idee der Geschöpflichkeit auch der specifische Träger jener Selbstdarstellung Gottes in der Schöpfung sei. Gerade diess, dass er tiefer als die reinen Geister steht, macht ihn hiezu geeignet: die reinen Geister, welche in höherem Grade Selbstwesen sind, als der die Incinsbildung des geistigselbstigen Seins mit der unselbstigen sichtbaren Naturwirklichkeit darstellende Mensch, vermögen wohl eine grössere geistige Lichtfülle in sich aufzunehmen als der Mensch, und stehen ihrem Wesen nach dem göttlichen Sein näher als dieser: aber der gesteigerte Grad ihrer Selbstigkeit lässt nicht zu, dass ihr Wesen zum Medium der Selbstdarstellung Gottes werde, wie es nach christlicher Glaubensanschauung die Menschennatur geworden ist, deren persönliches Sein und Wesen erst in der geistig-sittlichen Lebensentwickelung actuell wird und demzufolge eine dieser Entwickelung vorausgehende Personeinigung mit Gott, ein Abgeben des selbsteigenen Personcharakters an einen göttlichen Träger des persönlichen Seins zulässt. In der That hat die in der Person des Gottmenschen vollzogene Einigung des Creatürlichen mit dem Göttlichen sich als das absolute Mittel der von der speculativen Scholastik gelehrten

Repräsentation Gottes in und durch die Schöpfung darzubieten: die Idee der Repräsentation hat ihre Wahrheit in der verklärten Schöpfung, in welcher Gott Alles in Allem geworden ist. Es ist also neben der von Heinrich abgewiesenen pantheisirenden Repräsentationsidee auch die in ihrer formalisirenden Allgemeinheit semipantheisirende Repräsentationsidee, welche mit dem unerklärlichen dunklen Residuum der sogenannten reinen Materie sich nicht zurecht zu finden weiss, abzulehnen. An die Stelle der göttlichen Repräsentation durch die Schöpfung hat die Idee der geschöpflichen Gegenbildlichkeit zum göttlichen Sein zu treten, deren specifischer Repräsentant der Mensch ist. Das von Heinrich gelehrte Suum esse aller Creatur ist insoweit wahr, als es die Aussergöttlichkeit des creatürlichen Seins bedeutet; in diesem Sinne verstanden nimmt es jedoch einen von Heinrichs Anschauungsweise nicht unerheblich verschiedenen Sinn an, der sich selber wieder nach Verschiedenheit des creatürlichen Seins verschiedenartig modificirt. Suum esse bedeutet das Selbstsein der Creatur. Ist nun dieses Selbstsein bereits im geschöpflichen selbstigen Geistwesen nur ein relatives, so geht es in den sinnlichen Existenzen in eine unpersönliche Relativität auf, vermöge welcher die sinnliche Einzelexistenz nur als besonderes Glied des Ganzen zählt, und ohne Beziehung auf dieses Ganze, dem es angehört, geistig gar nicht zu fassen ist. Sie ist lediglich ein besonderes Moment in der Selbstexplication des Naturgedankens, zu dessen Wesen es gehört, sich in allen denkbaren Modificationen seiner selbst zu verbildlichen und zu verbesondern, ohne in irgend einem höchsten Momente seiner Selbstentwicklung sich abschliessend zusammenfassen und sich selber licht werden zu können. Das Suum esse der sichtbaren Wirklichkeit ist demnach die allseitige Manifestation der Carenz eines Centrums geistiger Selbstbestimmung, das sichtbare Naturdasein einzig der sinnefällige Reflex der in ihrer stofflichen Veräusserlichung sich auswirkenden Idee. Die unpersönliche Relativität des Naturdaseins ist das antithetische Correlat der relativen Selbstigkeit des geschöpflichen Geistwesens; sie ist ferner jenes Mittlere zwischen Sein und Nichtsein, welches die Scholastik auf keinen rein gedankenhaften Ausdruck zu bringen und desshalb nur als hypothetische Unterlage des wirklich Seienden zu postuliren und definiren wusste. Als antithetisches Correlat der relativen Selbstigkeit des geschöpflichen Geistes ist sie das denknothwendige Complement derselben, und damit auch ein ontologischer Erklärungsgrund für das Vorhandensein der Sinnenwelt neben der Geisterwelt aufgewiesen; an die Stelle der vom imaginirenden Denken beherrschten Annahme eines Herabsteigens von einem stärksten und vollkommensten bis zu einem schwächsten und extenuirtesten Sein, welches eigentlich kein Sein mehr sein soll, tritt hier ein dialektisch gegliederter Organismus der denknothwendigen Modi des relativen Seins in ihrem wechselseitigen Verhältniss zu einander und in ihrem Verhältniss zu dem sie bedingenden absolut Seienden, als dessen dialektisch nothwendige Gegenglieder sie erscheinen. Ihre Verknotung im Menschen lässt diesen als das realisirte relative Gegenbild Gottes erscheinen, welchem ein innergöttliches absolutes Gegenbild des innerlich sich in sich selber reflectirenden göttlichen Seins und Wesens entsprechen muss. So tritt allenthalben an die Stelle der abstract formalisirenden Ontologie der scholastischen Speculation die concretisirende Metaphysik des lebendigen Seinsbegriffes oder Welt- und Gottesbegriffes.

Heinrich fasst den Menschen im Sinne der speculativen Scholastik als Mittelwesen der Schöpfung und als Bindeglied, mittelst dessen sich die Vereinigung der aufwärtssteigenden Formationen der Materia prima mit der abwärtssteigenden Reihe der reinen

3

Formwesen vollzieht. Der Mensch steht an der Grenzscheide der sinnlichen und übersinnlichen, oder wie Heinrich sich ausdrückt, natürlichen und übernatürlichen Welt,
woraus er auch erklärt, dass der Mensch nicht ganz und ausschliesslich durch natürliche
Generation, sondern unter principaler Mitwirkung der die menschliche Seele schaffenden
göttlichen Causalität erzeugt werde.[1] Die menschliche Seele nimmt die mittlere Stelle
ein zwischen den in sich selber subsistirenden Formen und den materiellen Formen:
obschon gleich den Formis separatis in sich selber subsistirend, ist sie doch ihrer Natur
nach so sehr an die Vereinigung mit dem Leibe gewiesen, dass sie ausserhalb derselben
nur ein unvollkommenes und geschmälertes Sein haben und gar nicht zur wahrhaften
Individualität und Personalität gelangen könnte.[2] Dieser Satz bildet das Correlat des
oben erwähnten Satzes, dass der menschliche Leib, obschon als Körper seine eigene
Wesensform habend, nur kraft seiner Verbindung mit der Seele seinsmöglich ist und
Bestand hat. Zufolge ihrer Mittelstellung zwischen den Formis separatis und den im
Stoffe wesenden Formen muss sie die Natur Beider in sich vereinigen, mit der Intellec-
tivität der stofflosen Formen die Functionen der rein sinnlichen Wesens- und Lebens-
formen. Den Beweis für die substantielle Einheit der sinnlichen Vermöglichkeiten der
Seele mit der intellectiven findet Heinrich darin,[3] dass die Anspannung der sinnlichen
Thätigkeiten die intellective Thätigkeit hemmt und umgekehrt, sowie in der Art des
Zusammenwirkens der sensitiven und intellectiven Vermöglichkeit zum Zustandekommen
der intellectiven Erkenntniss.[4] Die verschiedenen Seelenkräfte bedeuten, wie wir bereits
wissen, einfach nur die verschiedenartigen Determinationen der Einen Seelensubstanz zu
verschiedenen Arten von Thätigkeit. Die Sinnesorgane des Leibes determiniren die
wahrnehmungsfähige Seele zur Apperception des Sinnenbildes des auf das Sinnesorgan
wirkenden Objectes,[5] das Sinnenbild determinirt die Seele zu jenen Acten, mittelst
welcher der Intellectivgedanke des Dinges erzeugt wird.[6] Subject der sinnlichen Apperception ist die Seele in Verbindung mit dem Leibe. Subject der intellectiven Apprehension
unmittelbar und allein die Seele selber: dass die Seele im Acte der intellectiven Apprehension das appercipirte Sinnenbild des Objectes ausser sich hält, um den entsprechenden
Intellectivgedanken desselben aus sich selber hervorzustellen, tritt in dieser Darstellung

---

[1] Hoc requirit dignitas humanae naturae, in qua debet compleri actio naturae adjutorio agentis supernaturalis, ut sit homo
horizon et confinium naturalium et supernaturalium, medius inter illa in natura et esse et modo productionis, quemadmodum
est medius in sua naturali operatione intellectiva. Quodlib. III, qu. 16.

[2] Anima rationalis non habet esse perfecte in se secundum se, nec habuisset etiam, si prius fuisset separata et separatim
creata antequam corpori uniretur, sicut modo sunt animae mortuorum separatae secundum se ante corporum resumtionem;
non habent enim secundum se nisi actum et esse incompletum, et ita in potentia respectu actus completu ipsius com-
positi. Ibid.

[3] Quodlib. III, qu. 6.

[4] Aperte experimur, quod in actionibus virium animae una, ut intellectiva, objectum suum ab altera, ut a sensitiva abstrahit,
et una alteram, ut sensitiva intellectivam in actu ponit. Quod nullo modo esse posset, nisi primum omnium earum in
radice idem esset, sicut idem in re, quod primo est sensibile, postmodum per abstractionem fit intelligibile. Ibid.

[5] Potentia sentiendi per se est in organo composito ex substantia animae et corpore determinante animam sua dispositione ad
rationem determinatae potentiae et ad determinatum actum per hoc, quod ex sua dispositione est formabile determinata specie
objecti, ut oculus colore, auditus sono, et sic quaelibet species sensibilis determinate agit in determinatum possibile, quod
non facit, si nuda substantia animae esset subjectum potentiae. Quodlib. III, qu. 14.

[6] Determinatio potentiarum intellectivarum, quae fit in anima secundum se, quarum ipsa secundum se habet esse subjectum,
non ut est in organo, non habetur nisi ex determinatione specierum simul elicientium actus intellectivos et determinantium
ipsam animae substantiam et rationes determinatarum potentiarum secundum diversitatem specierum intellectualium et
operationum intelligendi, quas anima per specierum informationem elicit. Ibid.

nicht hervor, wie auch die Unterscheidung zwischen sinnlicher Empfindung und sinnlicher Vorstellung, zwischen dem Innewerden der Einwirkung des Gegenstandes und seiner psychischen Repräsentation fehlt. Zugegeben, dass die Seele Princip der Empfindung ist, so vollzieht sich doch bereits im sinnlichen Vorstellen die Diremtion zwischen der percipirenden Seele und dem appercipirten Objecte, dessen Bild der Seele durch den Sinn vorgehalten wird; der Sinn gehört dem Leibe an, das sinnliche Vorstellen ist Kenntnissnahme der Seele von dem durch den lebendigen Sinn ihr vorgehaltenen Sinnenbilde des Leibes. Die Vermöglichkeit der Seele, den Intellectivgedanken des sinnlich appercipirten Objectes aus sich selbst zu erzeugen, ist darin gegründet, dass sie Alles, was sie immer sinnlich wahrnehmen mag, gewissermassen selber ist, oder mit andern Worten, dass sie ihrem Sein und Wesen nach eine lebendige Zusammenfassung der gesammten sinnlichen Daseinswirklichkeit ist. Daraus folgt, dass der der sinnlichen Vorstellung entsprechende Geistgedanke des Dinges der Seele selber angehört. Nur wird dieser Gedanke unzählige Grade seiner Vertiefung zulassen, angefangen von der ersten empirisch-rationalen Aufgreifung des in seiner sinnlichen Vereinzelung aufgefassten Objectes bis zur Ergreifung desselben in seiner gedankenhaftesten Tiefe, die bei weitem nicht in ihm selber, sondern in dem Wesensgrunde liegt, aus welchem er durch eine Reihe gedankenhafter Vermittelungen herausgesetzt ist. Das scholastische Denken blieb bei der ontologisch-logischen Schematisirung der sinnlichen Erscheinungswelt stehen, deren einzelnen Besonderungen und Gestaltungen sie auch ein besonderes substantielles Wesen gab. Als Grundwesen der sichtbaren Wirklichkeit blieb einzig die einer gedankenhaften Fassung widerstrebende Materia informis als passiver Möglichkeitsgrund der sinnlichen Erscheinungen zurück, aus welchem sich lediglich die allgemeine Grundbeschaffenheit alles sinnlichen Erscheinenden erklären liess, nebstdem dass er die an sich bestimmungslose Voraussetzung der Theilungen, Determinationen und Gliederungen des ontologisch-logischen Naturschematismus abgab. Da die peripatetische Metaphysik dem Stoffe Form und Leben von Aussen zukommen lässt, und überdiess den amorphen leblosen Stoff als etwas Primitives setzt, so kann von einem geistigen Schöpfen aus der Tiefe eines lebendigen Naturgrundes und von einer Deduction der Erscheinungen des sichtbaren Weltdaseins aus einem solchen Grunde keine Rede sein, und auch das Naturdenken des menschlichen Geistes nicht als ein solches geistiges Schöpfen erkannt werden, ebensowenig aber auch als ein Schöpfen aus der selbstigen Tiefe des menschlichen Seelenwesens, welches in der ihm objectiv gegenüberstehenden Naturwirklichkeit zu tiefst das unpersönliche Correlat seiner selbst, das in die zeitlich-räumliche Veräusserlichung auseinandergegangene relative Gegenbild seiner selbst zu erkennen hat. Die speculative Scholastik erfasste die Natur nicht in dem, was sie zutiefst, sondern in dem, was sie zuhöchst ist, nämlich eine Resplendenz des göttlichen Seins in dem an sich gestaltlosen Stoffe; und so war es denn allerdings ganz folgerichtig, dass Heinrich die Wesensgedanken der durch göttliches Wirken aus dem Stoffe geformten Dinge im Lichte der göttlichen Wahrheit schauen wollte. Natürlich konnte er hiebei nur an die Einzelarten der sinnlichen Dinge denken; denn die absolute Einheit aller Wesensformen ist eben nur Gott selber, der durch das Medium der Naturoffenbarung erkannt werden soll. Eine fruchtbringende Verwerthung der von Plato und Aristoteles gegebenen Anregungen zu einer philosophischen Erkenntniss der Natur ist erst da möglich, wo sie als ein sich aus sich selber darlebendes Ganzes erkannt, und die aus ihrer Lebensentfaltung herausgesetzten Formen und Gestaltungen als Manifestationen ihres selbsteigenen Wesens erfasst werden. Der von Plato ausgesprochene Gedanke eines in stetem Werden begriffenen Seins, das nirgends seinen Abschluss in sich selber finden kann, ist wohl kein anderer als jener eines in den Relationen eines unpersönlichen Seins aufgehenden Daseins, dessen reine Gedankenform die Mathematik ist. Die nach Aristoteles der Materie eingebildeten Formen bedeuten die dem ruhelosen Werden immanenten relativen Halt- und Ruhepunkte, welche indess, weil in den Fluss des Werdens gesenkt, dem blossen Werden kein Theilhaben an dem wahrhaft in sich ruhenden Sein zuwenden. Darum sucht die Natur ihren wesentlichen Halt ausser sich, und findet ihn relativ im Menschen, absolut in Gott, oder wie Aristoteles diess darstellt, in den die Materie des Weltumkreises fassenden Gestirnseelen, an deren Stelle nach christlich-theistischer Anschauung die absolute Macht des das Naturdasein tragenden göttlichen Weltgedankens zu treten hat. Der Organismus der göttlichen Weltidee schliesst das Naturdasein als constitutives Moment der allseitig und erschöpfend bestimmten Idee des creatürlichen Seins wesentlich in sich; es hat seine nothwendige Stelle in der Schöpfung als complementäre Seinsweise des durch den creatürlichen Geist dargestellten bedingten Seins und als denknothwendiges Substrat und Vehikel des im Menschen, dem Abschlusse des Schöpfungswerkes angebahnten Rückschlusses des Niedersten in das Höchste, des peripherisch kreisenden Seins in sein absolutes Centrum. Damit ist die Wahrheit des Naturdaseins, zugleich aber auch diess dargethan, dass das in die Tiefe dringende intellective Verständniss aller seiner Erscheinungen nur aus der Idee des Ganzen geschöpft werden könne und dass ein solches Verständniss, welches bei den einzelnen Erscheinungen als solchen stehen bleibt und im sichtbaren Weltganzen nicht mehr und nichts anderes als einen nach einem gewissen Princip geordneten Complex seiner einzelnen Erscheinungen zu erkennen vermag, über den Standpunkt eines logisch-empirischen Verstehens nicht hinausreicht, daher auch keine tiefer dringenden Aufschlüsse über das Sein des Höchsten, der aus der Natur erkannt werden soll, vermitteln kann. Heinrich spricht von einer analogischen Erkenntniss des höchsten Seins, die natürlich auf das Höchste als absolute Einheit aller geschöpflichen Formen oder Perfectionen zu beziehen ist. Wenn nun aber andererseits diese absolute Einigung etwas den geschöpflichen Intellect schlechthin Transcendirendes ist, so bleibt für die Seele als absolute Befriedigung nur das entzückte Verweilen bei der absoluten Schönheit dieses alle Formen in sich absolut vereinigenden Seins übrig, die absolute Befriedigung der zu Gott gelangten Seele ist hier ausschliesslich die selige Liebe, welche Heinrich in der That mit Duns Scotus an die Stelle des von Thomas als Wesen der Seligkeit bezeichneten Anschauens der göttlichen Wesenheit als des absolut Wahren treten lässt, obschon er im Unterschiede von Duns Scotus mit Thomas den Charakter der Theologie als einer nicht praktischen, sondern speculativen Wissenschaft vertritt. Heinrich spricht von einem Anschauen Gottes als ewiger Wahrheit, jedoch so, dass darunter nur das Schauen alles Wahren in der Veritas prima, nicht aber die Anschauung der göttlichen Essenz als solcher gemeint ist.[1] Dieser Art von Anschauung substituirt Heinrich im Sinne seines psychischen Sensismus das unmittelbare Berührtwerden der

[1] Man vgl. hiezu die charakteristische Stelle Summ. theol. Art. 33, qu. 2: Sacra theologia secundum Aug. de doctr. christ. docet de rebus aut signis. Per signa enim mentem extendimus ad intelligendum divina in hujusmodi signorum aenigmate, quae in se nobis incomprehensibilia sunt, et per eadem mutuo loquimur nobis ad exprimendos nostros conceptus circa res divinas nobis immediate incomprehensibiles. Et hoc non solum contingit nobis in statu vitae praesentis, sed forte nobis

Seele durch Gott als absolutes Erkenntnissobject oder absoluten Inbegriff alles Erkennbaren, dessen Totalität ihr durch jenen Contact offerirt wird. Es handelt sich da nicht um das Schauen Gottes an sich, sondern um das Schauen alles Wahren in Gott, während das durch die Vereinigung mit Gott bewirkte Erhobensein der Seele über sich selber das Wesen des Seligseins ausmacht.

Der psychische Sensismus Heinrichs hat eine sehr bedeutende Herabdrückung der intellectiven Vermöglichkeit der Seele im Gefolge. Er lässt die Gottesbildlichkeit der intellectiven Creaturen nur im uneigentlichen Sinne gelten.[1] Eine endliche Creatur könne weit eher das Bild irgend einer anderen Creatur als jenes des unendlichen Gottes darstellen; die Gottesbildlichkeit der intellectiven Creaturen sei also nur dahin zu verstehen, dass dieselben in der Rangordnung der geschaffenen Wesen eine höhere Stelle einnehmen als die übrigen, und die in allen Geschöpfen erkennbare Spur des Göttlichen ausdrucksvoller als die ihnen untergeordneten Wesen und Dinge hervorstellen. Man kann aus dem Gesagten nur entnehmen, dass Heinrich die Idee der geistigen Wesenheit im Unterschiede von den rein sinnlichen Existenzen selbst in der bereits von der speculativen Scholastik errungenen Auffassungsweise derselben nicht besitzt. Nach den Anschauungen der speculativen Scholastik ist die menschliche Seele, gleich den ihr übergeordneten geschöpflichen Geistwesen eine universale Wesenheit und kraft dessen ein Abbild des Ens universalissimum oder Gottes. Diese Universalität kommt ihr zufolge dessen zu, dass sie, wie Heinrich selbst wiederholt mit Aristoteles sagt, quodammodo omnia ist — also dasjenige, was Gott in absoluter Weise ist, wenigstens beziehungsweise darstellt. Wir würden in unserer Weise diess so ausdrücken, dass Gott als der absolute Geist das absolut in sich gesammelte Sein, die geschöpflichen Geister aber Wesenheiten sind, deren Sein so weit in sich selbst gesammelt ist, dass es sich selber licht zu werden und sich aus sich selber zum Handeln und Wirken zu bestimmen vermag. Dem gegenüber stellt die sinnliche Wirklichkeit das in selbstloser Aeusserlichkeit sich diffundirende Sein dar, welches auf keinem Punkte seiner Selbstentfaltung die angestrebte Selbstinnerung und Zusammenfassung zur Totalität eines in sich abgeschlossenen Seins aus sich selber erreichen, sondern allenthalben nur sinnbildend andeuten kann. Die Natur findet ihre wahre und wirkliche Innerung in einer über ihr Leben emporgerückten Sphäre, in der seelischen Innerlichkeit des Menschen; die Seelen und Geister innern sich in Gott, der die innerste Tiefe und Mitte ihres nicht absolut in sich gesammelten Seins ist und sein soll. Man könnte desshalb die reinen Geister, in welchen, je höher zu Gott hinan, die göttliche Wesenheit desto lichter wiederscheint, eher Spiegel als Bilder der göttlichen Wesenheit nennen, während die Bezeichnung der Gottesbildlichkeit ganz specifisch der menschlichen Seele zukommt, welcher es beschieden ist. Gottes Sein und Wirken in einer Weise nachzubilden, wie es im Unterschiede von den leiblosen Geistwesen eben nur die menschliche Seele vermag. Daraus folgt aber, dass der Gedanke der creatürlichen Gottesbildlichkeit wirkliche und volle Wahrheit hat und dass demnach auch die auf die Idee derselben gegründete Erkenntnisstheorie gegen die von Heinrich vorgenommenen Eingränzungen der menschlichen Erkenntnissfähigkeit im Rechte ist.

etiam et angelis in statu vitae beatae, in quo nullus intellectus creatus comprehendit aperta visione quicquid de divinis secretis comprehensibile est ab ipso Deo, sed de hujusmodi notitiam tamen aliquam habebimus tunc in hujusmodi signis, et mutuos conceptus suos de hujusmodi incomprehensibilibus sibi indicabunt.
[1] Summ. theol. art. 33, qu. 2.

Heinrich, der sich auf den Unterschied zwischen natürlichem Erkennen und gläubigem Wissen beruft, schliesst das Gebiet der geoffenbarten Gotteslehre, die göttliche Dreieinheit betreffend, schlechthin vom Gebiete des menschlichen Vernunftwissens aus,[1] will also nicht zugeben, dass es ein durch das Licht des Glaubens erhelltes und gefördertes Vernunfterkennen geben könne; wenn nun die speculative Ergründung des dreieinen göttlichen Lebens solidarisch mit der speculativen Erfassung des gottesbildlichen Wesens und Charakters der menschlichen Seele verwachsen ist, so begreift man leicht, dass, wer letzteren nicht in seiner wahrhaften Eigentlichkeit anerkennen will, auch von ersterer nichts wissen wollen könne. Dass aber hierin eine ungerechtfertigte Beschränkung und geflissentliche Niederhaltung des tiefer dringenden religiösen Erkennens liege, wird kaum jemand bestreiten wollen. Den Grund hievon werden wir zunächst in der schon oben erwähnten Entleerung des Seinsbegriffes von allem metaphysischen Gehalte zu suchen haben; das Esse bedeutet Heinrich einfach nur die Thatsächlichkeit des Existirens, die von Gott und allen Creaturen in gleicher Weise ausgesagt wird. Dass Gott ein Ens in eminenterem Sinne als die Creaturen, die geistigen Creaturen Entia in eminenterem Sinne als die körperlichen sind, dass ferner dieses eminentere Sein Gottes und der geistbegabten Creaturen auch eine gewisse Wesensanalogie beider begründe, welche Schlüsse von den inneren Wesensverhältnissen der menschlichen Seele auf jene Gottes zulasse, kann Heinrich von seinem Standpunkte aus nicht zugeben. Die speculative Thomistik konnte solche Schlüsse wenigstens relativ zugeben, weil sie in Gott die Urform der ein Totum universale darstellenden geistbegabten Existenzen anerkannte; da sie aber den Begriff des Seins nicht von vorneherein in seinem erfüllten, sondern in abstract metaphysischem Sinne nahm und jenen der Lebendigkeit und Geistigkeit erst nachfolgend zu demselben hinzutreten liess und mit ihm vermittelte, als ob das wahrhafte Sein nicht schon seinem Begriffe nach Geist und Leben wäre, so konnte sie jenen Schlüssen nicht jene Art von Giltigkeit zuschreiben, welche sie für ein von der concret gefassten Idee des Seienden ausgehendes Denken haben, welches übrigens auch nicht so sehr demonstrativ, denn vielmehr constructiv und deductiv verfährt und für seine Deductionen keine andere Vernunftnothwendigkeit als eben jene der Idee selber in Anspruch nimmt. Denn die höchsten Dinge wollen nicht bewiesen sein, sondern müssen sich durch sich selber kraft ihrer inneren Wahrheit beweisen, die da überall, wo es sich nicht um stricte logische Demonstration handelt, mehr oder weniger Sache der lebendigen freien Ueberzeugung ist und schon aus diesem Grunde das von Heinrich bis zum Uebermaass gehütete Glaubensinteresse nicht beeinträchtigen kann.

Heinrich beginnt durch seine Abschwächung der speculativen Bedeutung des scholastischen Formbegriffes bereits jene Wege anzubahnen, auf welchen nach ihm Duns Scotus weiter wandelte, nur dass dieser in dem abstract metaphysischen Seinsgedanken eine Stütze für den metaphysischen Unterbau seiner gläubigen Ueberzeugungen suchte,

---

[1] Si Deus haberet propriam speciem, per quam videretur ab oculo intellectus glorificati, tunc quicquid ipse per illam speciem distincte et determinate videret in divina essentia visione gloriosa, posset oculus non glorificati videre idem in illa specie sibi objecta visione naturali, licet non ita clare, ut scil. quod Deus est trinus et unus et cetera, de quibus habet esse fides ante visionem; et sic non esset fides uni intellectui pro statu suo ut humano, nisi de quibus alter intellectus ut angelicus posset habere cognitionem naturalem. Hoc autem abhorret omnis catholicus, quod videlicet ex naturali cognitione et visione alicujus rei creatae posset etiam tanquam in imagine videre aliquis in creaturis illa secreta divina, quae pertinent maxime ad distinctionem personarum, quemadmodum naturali cognitione potest videre in imagine et vestigio creaturae aliqua, quae pertinent ad essentialia attributa Dei. Summ. theol. art. 33, qu. 2.

deren Heinrich seinerseits nicht zu bedürfen glaubte. Die Abschwächung und relative Evacuirung des speculativen Formbegriffes hat bei Heinrich wie bei Duns Scotus die vorwiegende Betonung der unerfassbaren Unendlichkeit Gottes, die Statuirung eines von der intellectiven Seele unterschiedenen Formprincipes der Leiblichkeit sowie die Ablehnung einer stricten Erweisbarkeit der Unsterblichkeit des menschlichen Seelenwesens zur Folge,[1] obschon er von jeder skeptischen Anstreitung ihrer rationalen Erweisbarkeit absteht. Bei seiner uns bereits bekannten Ansicht über das Verhältniss des Esse zur Essentia in den creatürlichen Substanzen sieht er es vielmehr als eine selbstverständliche Sache an, dass man ihre Unvergänglichkeit nicht in absolutem Sinne behaupten könne. Ueberhaupt ist er nicht Metaphysiker genug, an die Erweisbarkeit philosophischer Wahrheiten so strenge Anforderungen zu stellen wie Duns Scotus, und schneidet — darin unterscheidet er sich grundhaft von Duns Scotus — alle Anwandlungen einer philosophischen Skepsis durch seinen Illuminismus ab, der seinem Denkconcepte die eigenthümliche charakteristische Gestalt neben den übrigen zeitgenössischen scholastischen Denksystemen verleiht. Das mit diesen ihm Gemeinsame ist der empirische Realismus, der die gesammte peripatetische Scholastik durchherrscht und auch die philosophische Fassung und Gestaltung der Gotteslehre bedingt; denn durchwegs wird in der Scholastik der Gedanke festgehalten, dass alle besonderen Arten der sinnlichen Dinge ihre Urbilder im göttlichen Denken haben und dass die einzelnen Sinnendinge materielle Substanziirungen der ihnen entsprechenden göttlichen Gedanken seien. Einer derartigen Anschauung ist freilich sofort jeder Halt entzogen, sobald festgestellt ist, dass die Materialität der Sinnendinge bloss phänomenale Bedeutung habe und demnach nicht ein substantielles Sein des besonderen Sinnendinges begründen könne; das Substans ist vielmehr der die sinnliche Erscheinung tragende Wesensgedanke der sichtbaren Wirklichkeit, der hinter allen besonderen Arten, Formen und Modificationen seiner Versichtbarung stehen muss, andererseits aber freilich der Gesammtheit seiner phänomenalen Darstellungen derart immanent ist, dass er in ihnen völlig aufgeht und in seinem unpersönlichen Sein sich selber nicht licht zu werden vermag. Solcherart ist allerdings der Wesensgedanke der Natur selbst wieder durch seine phänomenale Darstellung getragen, deren Eigenthümliches steter Wandel der Formen und Gestalten ist. so dass demnach auch das Grundwesen der Natur nur als ein in steter Wandlung seiner selbst Begriffenes gedacht werden kann. welches, so weit es nur in sich selber zu ruhen bestimmt wäre, niemals zur Consistenz gelangen könnte. Den einzelnen Formen und Modificationen eines solchen nicht wahrhaften Seins ein urbildliches Sein im göttlichen Denken zuschreiben wollen, heisst das unwandelbare göttliche Denken in den Fluss des sinnlich Erscheinenden herabziehen: soll statt dessen das in die sinnliche Erscheinungswelt versenkte menschliche Denken in die Höhe der göttlichen Idealwelt emporgehoben werden, so muss es, von der Macht des sinnlichen Eindruckes befreit und losgelöst, sich zum Gedanken des Grundwesens

---

[1] Ohne das Thema von der Seelenunsterblichkeit im Besonderen zu behandeln, gibt Heinrich einen solchen Begriff der Immortalität, welcher jenen der Seelenunsterblichkeit als denknothwendiger Vernunftwahrheit anthebt: Tertia est immer talitas — heisst es Quodlib. IX, qu. 16 — qua quis nullo modo potest mori, nec a causa intrinseca, nec a causa extrinseca omnino, quale solum est illud, quod est formaliter necesse esse et vita, cujusmodi est solus Deus, respectu cujus omnia alia sunt mortalia et corruptibilia in nihilum, nisi manu divina tenerentur, secundum quod etiam testatur Plato, in hoc multo melius sentiens Aristotele, quando dixit in secundo Timaei, loquens immortalibus et incorruptibilibus creaturis: O Dii Deorum quorum opifex idemque pater ego, opera siquidem vos mea dissolubilia natura, me tamen ita volente indissolubilia etc. Vgl. Plato Tim. p. 41.

aller sinnlichen Erscheinungen erheben, welcher kein anderer als jener der absoluten Wandelbarkeit und Variabilität sein kann und demzufolge auch die an sich unbegränzte Zahl der Wandlungen und Variationen jenes in seinen Erscheinungen aufgehenden variablen Seins zu seinem Inhalte haben muss. Der Inhalt der göttlichen Urbildung kann nur jenes Bleibende sein, auf welches das Wandelbare hinweist und worin es, in sich selber seinen Halt nicht habend, seinen Halt zu besitzen, bestimmt ist; die Gesammtheit des sinnlich Erscheinenden setzt sich also im göttlichen Denken in die Idee dessen um, wofür die sichtbare Wirklichkeit ist und wird aus dieser Idee herausgedacht, wodurch ja schon im Voraus der göttliche Naturgedanke seinem Inhalte nach determinirt ist: Gott denkt also weder die einzelnen Erscheinungen des sichtbaren Weltganzen als etwas an sich und um seiner selbst willen Seiendes, noch auch den Gesammtcomplex desselben als etwas in dessen Selbstsein begründetes, sondern als etwas für ein anderes höheres geschöpfliches Sein und zuhöchst für ihn selber Seiendes, zugleich aber als ein durch diese seine Beziehungen auf ein anderes höheres und höchstes über ihm bestimmtes Sein, welches in dieser Bestimmtheit seine Wahrheit hat. Das sinnlich Erscheinende hat so viel Wahrheit als es Schönheit hat; seine Schönheit hat es durch die in ihm ausgedrückten Form- und Gedankenverhältnisse. Der Umstand, dass diese in keinem körperlichen Gebilde zu einem reinen, vollkommenen Ausdrucke gelangen und die vollkommene Ebenmässigkeit der Gestaltung ein über dem Bereiche der sinnlichen Aussenwelt liegendes Ideal ist, welches nur im Menschen seine Verwirklichung finden kann, reicht für sich allein hin, ersichtlich zu machen, dass alle natürlichen Bildungen in der Idee des Menschen aufgehoben und zusammengefasst sind und für jede höhere übermenschliche Intelligenz nur die Bedeutung von mannigfaltigst abgestuften und diversificirten Relationsausdrücken des in sich getheilten, gezweiten und gebrochenen Seins im Verhältniss zu dem höheren, sie zusammenfassenden Totum haben können. Aber auch dieses Totum, der in die Vielheit der Gattung auseinandergegangene geschichtliche Mensch, postulirt wieder eine höhere Zusammenfassung seiner selbst und der in ihm befassten Naturwirklichkeit in einem Höheren über ihm, in welchem das in die Weite einer unermesslichen Räumlichkeit auseinandergegangene Naturdasein erst seine absolute Fassung und centrale Mitte und damit auch das in die Tiefe des göttlichen Seins gesenkte Princip seiner vergeistigenden Umbildung und Vollendung gewinnen sollte. Der urbildliche Gedanke der in Gott erneuerten und vollendeten sichtbaren Wirklichkeit lässt die gegenwärtige sichtbare Wirklichkeit mit allen ihren vergänglichen Sonderbildungen tief unter sich und setzt letztere zu einer änigmatischen Andeutung vereinzelter Laute und Silben jenes Einen grossen Offenbarungswortes herab, in welchem der Gedanke der in Gott vollendeten sichtbaren Wirklichkeit zwar seit ewig ausgesprochen, aber eben damit auch auf eine über die gegenwärtige Zeit und Welt hinausgreifende zukünftige Gestaltung der Dinge verwiesen ist. Von einer göttlichen Urbildung der einzelnen Sonderdinge unserer gegenwärtigen sinnlichen Wirklichkeit lässt sich kaum anders als in dem Sinne reden, dass im göttlichen Denken alle Momente und Relationen der in ihrer zeitlichen Evolution begriffenen Naturidee wiedererscheinen, aber eben da zugleich als das Nichtbleibende und auf ein zukünftiges Bleibendes Hinweisende erscheinen. Dieses zukünftige Bleibende ist es, worin sich die göttliche Herrlichkeit wahrhaft abschattet und was darum auch wahrhaft am Sein Antheil hat, ohne das Sein selber zu sein: es heisst also wirklich die Vergänglichkeit und Unvollendung der irdischen Zeit und Welt völlig vergessen, wenn für ihre einzelnen vergänglichen Erscheinungen Urbilder, d. i. Urtypen bleibender Gestaltungen in Gott gesucht werden. So gewiss die Natur ihr selbsteigenes Leben hat, hat sie auch ihre selbsteigene Entwickelung, deren Erscheinungen und Producte Fixirungen von Momenten der in ihrer Entwickelung sich realisirenden Idee, nicht aber selber wieder Ideen sind, sondern nur Relationen und Complicationen in der Entfaltung jener Einen Idee bedeuten; sie sind für Gott Gegenstand des Wissens. aber nicht des selbsteigenen Bildens, da er nicht Macher, sondern Schöpfer der Dinge ist. Von Ideen der Einzelproductionen der schaffenden Natur könnte nur insoweit gesprochen werden, als sie aus dem Gesammtleben der Natur heraus erklärt werden und das in ihnen zur Erscheinung kommende Grundwesen der Natur aufgezeigt werden will; in diesem Sinne hat aber Heinrich so wenig als irgend ein anderer Scholastiker von Ideen der sinnlichen Einzeldinge gesprochen, daher Heinrichs Zurückbeziehung der auf dem Wege der natürlichen Erfahrung gewonnenen Gedanken von den Einzeldingen auf eine göttliche Idee derselben einfach ein hors d'œuvre ist, weil die vermeintliche göttliche Idee zur Läuterung oder Vertiefung der auf empirischem Wege gewonnenen Erkenntniss gar nichts beiträgt.

Gleichwohl sucht Heinrich in dem von der Seele appercipirten göttlichen Urbilde des sinnlichen Einzeldinges den festen Stützpunkt gegen die skeptische Anstreitung und Untergrabung der empirischen Realerkenntniss. Er unterscheidet verschiedene Arten des philosophischen Skepticismus,[1] wie er sie theils aus Aristoteles,[2] theils aus Augustins Schrift Contra Academicos kennt und führt sie zu dem Ende vor, um an ihrer Widerlegung zu zeigen. dass unsere Erfahrungserkenntniss auf den Namen einer wirklichen Erkenntniss Anspruch habe, ihre vollkommene Gewissheit aber in Gott als Veritas prima befestiget sei, an welcher wir im reinen Vernunftgedanken des sinnlich appercipirten Dinges participiren. Unser natürliches Erkennen hat eine sichere Unterlage in der sinnlichen Erfahrung, welche durch keinerlei skeptische Anstreitung sich unterhöhlen lässt. Protagoras behauptete die Trüglichkeit der sinnlichen Erfahrung wegen der rein subjectiven Auffassungsweise der Sinne. Aber der Sinn ist als passive Potenz vom einwirkenden Objecte abhängig, kann also nur dieses nach der specifischen Art seiner Einwirkung auf den Sinn wiedergeben. Es ist einfach unwahr, wenn Demokrit behauptet. dass die Sinne je nach der subjectiven Disposition Verschiedener oder auch Desselben zu verschiedenen Zeiten stets Anderes aussagen; bei normaler Disposition zeigen sie Jedem zu jeder Zeit das Gleiche. Die Ueberzeugung hievon besitzt jeder Einzelne der gesunde Sinne hat, und weiss sich hierin in Uebereinstimmung mit allen Anderen, welche gleichfalls gesunde Sinne haben. Der Sinn täuscht niemals in Bezug auf sein Objectum proprium, wofern nicht im Medium der Sinneswahrnehmung oder in der krankhaften Beschaffenheit des Sinnesorganes oder durch irgend einen zufälligen dritten Umstand ein Hinderniss der richtigen Auffassung gegeben ist. Freilich reflectirt sich in der sinnlichen Wahrnehmung nur die veränderliche sinnliche Erscheinung, nicht das bleibende Wesen des Dinges; dieses muss eben durch den Intellect erfasst werden. Pythagoras glaubte dasselbe in der mathematischen Bestimmtheit der Dinge gefunden zu haben; Plato erkannte, dass auch das mathematisch Bestimmbare in den Fluss und Wandel des Sinn-

---

[1] Summ. theol. art. 1, qu. 1.
[2] Siehe Aristot. Metaph. III p. 1005 ff. (nach mittelalterlich scholastischer Textabtheilung Metaph. IV) und Analyt. Post. 1. p. 71.

lichen hineingezogen sei, so dass eine feste Erkenntniss erst durch die Idealformen als Ursachen und Principien der natürlichen Dinge sichergestellt sei. Aristoteles sah, dass das Ding nur durch das, was es in Wirklichkeit sei, Existenz und Erkennbarkeit habe, dass aber die Einzeldinge wegen ihrer Wandelbarkeit nicht aus ihnen selbst erkannt werden könnten; darum nahm er Allgemeinbegriffe an, welche durch den Intellect aus den Dingen abstrahirt würden, und in diesen abstracten Species sei das Wahre der Dinge. Augustinus schloss sich an Plato an und nahm von ihm Alles, was mit dem christlichen Glauben vereinbar schien, in sich auf, verbesserte es oder legte es so aus, dass es mit dem christlichen Denken in Einklang zu bringen war. Demgemäss nimmt er auch die Platonische Ideenlehre in Schutz und vertritt wiederholt[1] die Ansicht, dass Plato die Ideen in den göttlichen Verstand verlege und in demselben subsistiren lasse. Heinrich will über die Richtigkeit dieser Interpretation der Platonischen Ideenlehre kein entscheidendes Urtheil abgeben; die christlichen Platoniker mögen ein Interesse gehabt haben, ihn so wie Augustinus zu interpretiren, um sich auf seine Auctorität berufen zu können, wenn sie Gott als Causa subsistendi, Ratio intelligendi und Ordo vivendi erweisen wollen. Jedenfalls sei Augustinus im Rechte, wenn er nicht bei der aus der sinnlichen Erfahrung abstrahirten intellectiven Erkenntniss als vermeintlich zureichender Unterlage eines vollkommen sicheren Wissens stehen bleiben will, sondern auf die in Gott existirenden Regulae aeternae oder Rationes aeternae incommutabiles als die Principien einer vollkommen gewissen Wissenschaft und Wahrheitserkenntniss verweist. So hätten es, wie Augustinus weiter hervorhebt, bereits die Anhänger der ersten Akademie gemeint, wenn sie den Stoikern gegenüber die Unsicherheit der menschlichen Erkenntniss behaupteten; sie meinten damit die ausschliesslich auf sinnlicher Erfahrung beruhende Erkenntniss, welche die Stoiker für vollkommen zureichend hielten. Die Vertreter der zweiten Akademie gingen allerdings weiter als jene der ersten Akademie und fielen einem wirklichen Skepticismus anheim, weil sie um den Vorbehalt, unter welchem jene eine sichere Geisteserkenntniss zuliessen, nicht wussten; sie sind aber eben desshalb nicht mehr als Vertreter jenes Platonismus anzusehen, dessen eigentliches philosophisches Bekenntniss in den Kreisen der ersten Akademie als esoterische Lehre gehütet wurde. Sie stellten zwar nicht in Abrede, dass es eine höhere vollkommen sichere Geistes-erkenntniss gebe, läugneten aber, dass der in die Sinnenwelt gesetzte und von ihren Eindrücken abhängige Mensch eine solche erringen könne; für ihn gäbe es statt des wirklichen Wissens ein blosses Meinen. Karneades, der Stifter der dritten Akademie, erhärtete den Anhängern der zweiten gegenüber die wahre Ansicht des Arcesilas, welcher der erste im Hinblick auf das Umsichgreifen des Stoicismus jene von der zweiten Akademie missverstandenen Lehren aufgestellt hatte. Freilich liess er sich — bemerkt Heinrich — das Versehen zu Schulden kommen, dass er, alle wahrhafte Erkenntniss aus der Anschauung der Urbilder der in unserem Denken erscheinenden Bilder ableitend, nicht zwischen dem primären und secundären Urbilde unterschied, welches letztere in dem auf unsere Sinne einwirkenden Gegenstande gegeben ist und ein in unserem Denken wiederscheinendes Verum in re repräsentirt, rücksichtlich dessen es sich nur darum handelt, dass der Wiederschein seiner sinnlichen Realität in unserer Seele durch die intellective Thätigkeit von der sinnlichen Trübung, in die es getaucht ist, befreit und

---

[1] Vgl. Aug. LXXXIII QQ., qu. 46; Civ. Dei VIII, 4.

in das Licht der reinen Intellectivität erhoben werde. Diess würde nun die menschliche Seele, welche nach Augustins tiefem Worte dermalen selber auch in die sinnliche Leiblichkeit versenkt ist, aus sich allein nicht vermögen; darum muss zu der Einwirkung des äusseren Sinnesobjectes auf unsere Seele auch noch eine göttliche Einwirkung hinzukommen, mittelst welcher das der Seele von aussen eingedrückte Bild der Sache zum reinen Geistgedanken derselben ausgestaltet werden soll. Die Nothwendigkeit einer hinzukommenden göttlichen Einwirkung begründet Heinrich aus der Beschaffenheit des sinnlichen Objectes, der appercipirenden Seele und aus der Natur der sinnlichen Vorstellung. Diese ist von einem veränderlichen Sinnenobjecte abstrahirt und hat an der Veränderlichkeit desselben Antheil; es ist in ihr Wahres mit Falschem vermischt, daher sie, für sich allein betrachtet, das Denken irreleiten kann. Da die Seele selber auch mutabel ist, so liegt in der Wesensbeschaffenheit derselben keine ausreichende Bürgschaft dafür, dass sie durch die von einem mutablen Objecte empfangenen Eindrücke sich in ihrer Auffassung desselben nicht irreleiten lasse. Richtig ist nur so viel, dass die Seele in der Berührung mit der Sinnenwelt keinen nothwendigen Täuschungen unterliege, da die Sinne als solche nicht trügen, sondern bei normaler Beschaffenheit die Eindrücke der Aussenwelt treu wiedergeben und überdiess der Intellect durch die ihm eignende Urtheilsfähigkeit in den Stand gesetzt ist, das in der sinnlichen Erscheinung des Dinges sich darstellende bleibende Wesen desselben zu ermitteln. Wer z. B. oftmals ein Thier derselben Art gesehen hat, erkennt ein nie gesehenes Individuum dieser Art sofort als ein zu derselben Species gehöriges, weil er allgemein weiss, wie ein unter diese Species gehöriges Thier aussicht. Diese Erkenntniss ist jedoch keine untrügliche, die reine Wahrheit des Dinges wird nur im göttlichen Urbilde desselben geschaut. Diess Letztere ist in seiner Art richtig, nur entspricht den ihrem Wesen nach wandelbaren Dingen kein göttliches Urbild, welches nur das hinter und über den wandelbaren Erscheinungen stehende unwandelbare Wesen, im gegebenen Falle das in allen Arten und Formen variabler Erscheinungen sich explicirende gottgedachte Wesen der sichtbaren Wirklichkeit zu seinem Inhalte haben kann. Ferner ist der Begriff dieses Urbildes als eines urbildlichen göttlichen Gedankens von etwas Nichtgöttlichem und Aussergöttlichem wohl zu unterscheiden von Gott als absoluter Urbildung aller Dinge, die eben nur in geistigen, somit universalen Wesenheiten sich abbildlich darstellen kann, so dass jede derselben eine in ihrer Art totale und ungebrochene, wenn auch begränzte Nachbildung der absoluten göttlichen Wesenheit ist, während im Bereiche des innerlich differenzirten und in eine unerschöpfliche Reihe vielfältigst diversificirter Sonderbildungen auseinandergegangenen Naturdaseins das Universale bloss in dem göttlichen Gedanken liegt, der in demselben sich explicirt. Allerdings reflectirt sich der Lichtschein der geistigen Universalität auch noch in den logischen Allgemeinbegriffen der sinnlichen Sonderdinge, sofern dieselben eben nicht bloss Theile, sondern organische Glieder und Constituenten des Naturganzen sind, in deren jedem sich das Naturganze auf eine besondere Art reproducirt, aber in jedem derselben nur einseitig und relativ, so dass das Ganze wahrhaft doch nur im Complexe seiner besonderen Darstellungen, ausserhalb derselben aber nur in gedankenhafter Weise vorhanden ist. Dieses gedankenhafte Wesen der Natur ist der ins sinnliche Dasein projicirte göttliche Naturgedanke, welchen die in sich selber gründende menschliche Seele auch aus sich selber hervorzustellen im Stande sein muss, sofern sie in der sichtbaren Naturwirklichkeit das in den Wandel und Wechsel der Erscheinungen auseinandergegangene und innerlich differenzirte Sein dessen erkennt, was sie selber als ein in sich gesammeltes Sein in ungebrochener Einheit ist und darstellt. Der Begriff eines seiner Idee nach wandelbaren Seins verträgt aber nicht die abstracte Auseinanderhaltung von Stoff und Form. Substrat und Princip der Gestaltung, wodurch der Begriff der Selbstwandlung aufgehoben und eine dem wandelbaren Wesen widerstreitende Unveränderlichkeit der Arten festgestellt wird. welche eben nicht unwandelbare Typen der Naturdinge, sondern vielmehr vielfältigst variable Momente der Seins- und Lebensentfaltung der Natur sind. Mit der Ablehnung der abstracten Scheidung von Stoff und Form fällt demnach auch die Annahme von Ideen der besonderen Naturdinge, soweit dieselben nicht aus der Idee und dem Wesen der Gesammtnatur heraus begriffen werden, somit auch die Nothwendigkeit oder Zulässigkeit einer göttlichen Collustration des menschlichen Denkens in Erfassung des Begriffes der Einzeldinge als solcher, welche eben durchaus nicht mit der Erfassung des Wesens dieser Dinge identisch ist. Die für unser zeitliches Denken unüberwindlichen Dunkelheiten des Naturdaseins sind darin begründet, dass wir, wie das absolut Grösste. so auch das ins unendlich Kleine sich theilende Sein mit unserem Denken nicht schlechthin zu bewältigen vermögen; wir vermögen es nur relativ, weil die menschliche Seele nicht die absolute. sondern nur eine relative Fassung der sichtbaren Dinge ist. Die absolute. centrale Fassung derselben könnte sie nur in Gott schauen: dieses Schauen fällt aber mit der, nicht dem Leben dieser Zeit angehörigen Anschauung der ewigen Wahrheit zusammen.

Die Idee eines die gesammte Wirklichkeit umgreifenden Denkens lag ausserhalb des Bereiches der scholastischen Speculation. am meisten ausserhalb der Denkanschauungen Heinrichs. welcher der menschlichen Seele dasselbe Verhältniss zu den Allgemeinbegriffen anweist. welches der Materia prima zu den Formen der particulären Dinge zukomme. Wie die Materia prima das an sich indifferente Substrat aller sinnlichen Wesensformen. so ist der menschliche Intellect der an sich indifferente Recipient oder vielmehr Beschauer aller den sinnlichen Wesensformen entsprechenden Species universales. Die intellective Seele recipirt in ihrem Zusammensein mit dem sinnbegabten Leibe die Impressionen der Sinnendinge. deren vom Sinn recipirte Eindrücke und Bilder sich in der Imaginativa zu Vorstellungen der einwirkenden Dinge umsetzen. Im Lichte des Intellectus agens werden die in die Phantasie aufgenommenen Vorstellungen ihrer individuirenden sinnlichen Darstellungsform entkleidet und damit vollzieht sich von selber die Repräsentation des Dinges in der intellectiven Wahrnehmung. Der Intellectus agens verhält sich zu den sinnlichen Vorstellungen wie das Licht zu den Farben einer bemalten Wand:[1] wie das Licht die Farben beleuchtet. auf dass diese ihr entstofftes Bild durch das Lichtmedium zum Auge senden und das Sehorgan informiren, so wirkt der Intellectus agens auf das entstoffte sinnliche Vorstellungsbild, um dasselbe seines sinnlich individuirenden Charakters zu entkleiden und dadurch für die intellective Wahrnehmung geeignet zu machen. Der Unterschied zwischen Licht und Intellectus agens ist nur dieser, dass das Licht etwas seiner Natur nach Sichtbares ist, der Intellectus agens aber nicht ein Per se visibile ist, sondern nur das Verstehbare zu einem wirklich Verstandenen macht. Die Stelle des Mediums der sinnlichen Gesichtswahrnehmung vertritt im geistigen Schacte der Intellectus possibilis,[2]

---

[1] Quodlib. VIII. qu. 12.
[2] Quodlib. V. qu. 14.

zu welchem sich der Intellectus agens verhält wie das Licht zum Diaphanum, nur mit dem Unterschiede, dass das Licht eine dem Diaphanum inhärirende accidentelle Form und Perfection, der Intellectus agens aber eine dem Intellectus possibilis consubstantiale Kraft ist; auch recipirt der Intellectus possibilis nicht vom sinnlichen Vorstellungsbilde eine Species impressa, wie das Diaphanum von der durch das Licht sichtbar gemachten Farbe eine Species recipirt. Die durch den Intellectus agens veranlasste Einwirkung des sinnlichen Vorstellungsbildes auf den Intellectus possibilis beschränkt sich darauf, sich demselben actuell vernehmbar zu machen; seines individuirenden Charakters durch den Intellectus agens entkleidet, wird es dem Intellectus possibilis als etwas Intelligibles sehbar oder verstehbar. Das durch den geistigen Sehact Appercipirte ist unmittelbar der im individualisirten sinnlichen Vorstellungsbilde potentiell enthaltene Allgemeinbegriff, mittelbar aber das äussere Sinnending,[1] auf welches der Intellectus possibilis den ihm durch den Intellectus agens erkennbar gewordenen Verstandesbegriff des Dinges reflexiv bezieht. Wie das Universale intellectum das intellective Erkanntwerden des äusseren Sinnendinges, so ist umgekehrt der vom Sinnendinge in das Sinnesorgan geworfene Reflex seiner selbst die Ursache der Apperception des im Sinnendinge individuirten Universale; die dem irdischen Leibe eingesenkte Seele kann nur auf diesem Wege zur Perception der Universalia gelangen. Diese sind ihr zwar an sich präsent, werden aber von ihr nicht percipirt, bis sie der leiblichen Hülle ledig geworden oder mit einem unsterblichen Leibe angethan sein wird. Im gegenwärtigen Zustande verhält sich die Seele zu den ihr an sich präsenten Universalien, wie sich ein Mensch, dessen Betrachtung bei offenen Augen ganz nach Innen gekehrt ist, gegenüber den Objecten der sinnlichen Aussenwelt verhält; sie bilden sich in seinem Auge ab und er bemerkt sie dennoch' nicht.

Heinrichs Auffassung des Universale intellectum unterscheidet sich von der Thomistischen dadurch, dass sie ausschliesslich nur den logischen Begriff des Sinnendinges bedeuten kann, während das thomistische Universale darauf Anspruch macht, für den aus der sinnlichen Wirklichkeit herausgezogenen Wesensgedanken der Sache zu gelten. Da Heinrich der Materie als solcher eine von den Wesensformen der Sonderdinge unterschiedene Form zutheilt, so können die Wesensformen der Sonderdinge nicht mehr die unmittelbaren Gestaltungsprincipien des Stoffes bedeuten, es kann auch nicht mehr von einem Herausziehen der Wesensgedanken der Dinge aus ihrer stofflichen Darstellung durch den Intellectus agens gesprochen werden, sondern nur von einer Beleuchtung der dem Stoffe aufgedrückten Gedankenform durch das der menschlichen Seele eignende Lichtvermögen, dessen Strahlung auf das vom äusseren Sinnendinge in die Seele hineingeworfene sinnliche Vorstellungsbild fällt. Die unmittelbare intellective Apperception der gedankenhaften Form des Dinges verdeutlichet sich in den nachfolgenden Functionen des urtheilenden und schliessenden Intellectes, durch deren öftere Wiederholung sich in der Seele ein Habitus scientialis erzeugt und mittelst desselben eine gewisse Uebung und Fertigkeit in der denkenden Auffassung verwandter Objecte. Die Hervorbildung solcher Habitus scientiales in Bezug auf alle dem menschlichen Intellecte erkennbaren Objecte ist das Höchste, was der menschliche Intellect rein aus sich, oder wie Heinrich sich ausdrückt, ex puris naturalibus erreichen kann und bezeichnet seinen Vollendungsgrad, welcher sich mit dem Anfangsstande des noch unentwickelten potentiellen englischen

Intellectes berührt. Dem Engel sind nämlich die Habitus scientiales aller für ihn natürlich erkennbaren Dinge angeboren; er steht sonach in der Mitte zwischen Gott, dem Alles unmittelbar actuell Erkennenden, und dem menschlichen Intellecte, der vor den durch die Aussendinge verursachten Informationen seiner selbst einer Tabula rasa gleicht. Der menschlichen Seele und dem englischen Intellecte gemeinsam ist, dass ihnen keine Species intelligibilium eingedrückt sind, weil es überhaupt keine solchen Species gibt, nur die Species sensibiles können imprimirt werden.[1] Die Ablehnung der Species impressae hängt mit Heinrichs Auffassung der Functionen des Intellectus agens zusammen und stellt den durchgreifenden Unterschied seiner erkenntnisstheoretischen Anschauungen von jenen der Thomisten ans Licht; Thomas lehrt wohl gleichfalls, dass die menschliche Seele vor aller Information einer unbeschriebenen Tafel gleiche, lässt aber, wie den Engeln, so auch den vom Leibe geschiedenen Seelen die Intellectiv-gedanken der Dinge durch Gott imprimirt werden. Auch Duns Scotus lässt dem englischen Intellecte die Species der Sonderdinge durch Gott concreirt sein und bekämpft Heinrichs Meinung, dass der dem Engel seiner Wesenheit nach eignende Habitus scientialis ausreiche, ihm die Erkenntniss aller Dinge zu vermitteln. Der Hauptgrund der Opposition des Scotus liegt wohl darin, dass für ihn das geistige Ergreifen des wirklichen Dinges die Hauptsache ist, während es sich für Heinrich um den Begriff desselben handelt, dass ferner der im Scotismus durchbrechende Individualismus das Actualiter existere des Dinges in ganz anderem Lichte erscheinen lässt als bei Heinrich, welchem zufolge das Actualiter existere einfach nur eine den göttlichen Machtwillen betreffende Bedeutung hat, die am allgemeinen Wesen der zu erkennenden Sache nichts ändert.[2]

Uns drängt sich hier die Wahrnehmung eines Auseinanderfallens der inneren geistigen Denkwelt und der äusseren gegenständlichen Welt auf, welche — so scheint es fast — für ein der menschlichen Seele übergeordnetes Geistwesen durch die Idealwelt ersetzt wird und auch der des Leibes entledigten Seele durch diese letztere ersetzt wird. Schon der Umstand, dass Heinrich der Materia prima ein selbsteigenes Sein zuschreibt und die menschliche Seele nur durch Vermittelung einer dem Leibe als Körper eignenden besonderen Wesensform mit der Materie in Verbindung treten lässt, deutet eine bis auf einen gewissen Grad vollzogene Loslösung der intellectiven Seele von der sinnlichen Lebewelt hin; nur zufolge des menschlichen Sündenfalles und der hiedurch verursachten Depression der menschlichen Seele ist diese auch im Erkennen so unbedingt von den Eindrücken und Einwirkungen der sinnlich-irdischen Erfahrungswelt abhängig. Höhere Geistwesen können die ihrer Natur angemessenen geistigen Erkenntnisse wenigstens relativ aus sich selbst schöpfen und es ist kein Zweifel, dass solche Erkenntnisse der reinen vollen Wahrheit näher stehen als die auf dem Wege der sinnlichen Empirie erlangten Erkenntnisse. Die consequente Fortbildung dieser Anschauung würde schliesslich wohl dahin führen, das Vermögen eines solchen relativen geistigen Schöpfens aus sich selber auch der menschlichen Seele zuzuschreiben und ihre gegenwärtige excessive

---

[1] Intelligibile per speciem suam non habet esse apud intellectum ut objectum cognitum, quia non est objectum nisi sub ratione universalis, et species impressa non potest esse repraesentativa alicujus nisi sub ratione singularis . . . . . secundum quod habet esse signatum in supposito particulari, quia secundum se non habet existere in rerum natura, sed solum ut signatum in supposito, et nihil natum est agere impressionem suae speciei in alio, nisi secundum quod habet esse per existentiam in rerum natura. Quodlib. V, qu. 14.

[2] Ex hoc enim solo est aliquid scibile simpliciter — sagt Heinrich l. c. — quod est aliquid per essentiam habens rationem extra rem in Deo.

Abhängigkeit von der sinnlichen Wirklichkeit aus der Vorstellung und Verrückung des ihrer Rangstellung entsprechenden Verhältnisses zu dieser zu erklären. Auf eine derartige Modification seines Denkconceptes könnte sich freilich Heinrich am wenigsten einlassen, wenn er an seiner Grundansicht von dem rein receptiven Charakter des höheren geistigen Erkennens als eines blossen Sehens im göttlichen Wahrheitslichte festhalten will; denn es würde damit das Band, welches die menschliche Seele ideell an die sinnliche Wirklichkeit knüpft, noch mehr gelockert und schliesslich jeder metaphysisch-ontologische Erklärungsgrund für das Dasein einer sinnlichen Wirklichkeit fehlen. Denn die metaphysische Nothwendigkeit derselben erhärtet sich im Denkzusammenhange Heinrichs zuhöchst doch daraus, dass sie, das Dasein der menschlichen Seele nun einmal als gegeben vorausgesetzt, das nothwendige Complement des Daseins der menschlichen Seele ist, welche auf natürlichem Wege nur durch den Contact mit der Sinnenwelt zu den ihrem Wesen angemessenen Erkenntnissen gelangen kann. Je entschiedener aber Heinrich auf der Realität und Nothwendigkeit des sinnlichen Naturdaseins besteht und bestehen muss, desto weniger weiss er uns zu sagen, was der Geist ist. Er spricht von verschiedenen Stufen geistiger Erkenntnissfähigkeit und Erkenntnissthätigkeit, von einer niedersten angefangen bis zu einer höchsten hinan; wie aber in diesen das Wesen des Geistes sich kundgebe und ausdrücke, wird weder von ihm, noch von irgend einem seiner peripatetisch geschulten Mitforscher aufgezeigt. Und doch ist der Begriff des Geistes für die Philosophie so grundwesentlich, wie jener Gottes für die Theologie; demzufolge hat auch die Philosophie, seit sie begann, in relativer Unabhängigkeit von der christlichen Theologie und von der philosophischen Schultradition derselben sich zu begründen,[1] mit dem Begriffe des Geistes als Erstem begonnen, um der im Gottesgedanken centrirenden Erkenntniss der Dinge eine andere zur Seite zu stellen, die in der Idee des Geistes centrirend sich gewissermassen als die andere Hemisphäre zu der unter dem Gesichtspunkt der Gottesidee gestellten Ueberschau des menschlichen Gesammtwissens verhält. Man kann den Geist gemeinhin als active Selbstfassung des Seienden definiren. Diese Definition enthält nicht nur die erklärende Voraussetzung der von der Scholastik angegebenen charakteristischen geistigen Wesenheiten, sondern gibt auch exact dasjenige an, was Gott, die Engelgeister und die menschliche Seele mit einander gemein haben und bietet den Stützpunkt für die Ableitung und Erklärung der besonderen von einander unterschiedenen Seinsweisen dieser drei Arten von Wesenheiten: des absoluten Geistes, des geschöpflichen leiblosen Engelgeistes und der an die Verbindung mit dem Leibe gewiesenen geistbegabten Menschenseele. Diese Unterschiede werden wohl auch von der Scholastik eruirt zufolge eines gradweisen Aufsteigens von der menschlichen Seele, welche als eine, wenn schon in subsistirende, doch an die Verbindung mit dem ihr eignenden Leibe gewiesene Form an sich und vor aller Thätigkeit nur actu primo ist, bis zum Actus purus des göttlichen Seins, welches nicht nur unmittelbar durch sich selber thätig, sondern das Thätigsein selber ist; da nun die Art des Thätigseins dem

---

[1] Heinrich kennt noch keine andere, als eine den Zwecken der Theologie dienende Philosophie: »De scientiis pure philosophicis absolute dicendum, quod non licet eas addiscere nisi in usum hujus scientiae (scil. theologiae), nisi forte quis aliquam illarum scientiarum discat, ut melius disponatur ad discendum quaedam alia, veluti logicam et naturalem philosophiam, ut melius proficiat in medicina. Qui enim philosophicas scientias discunt, finem statuendo in ipsis, propter scire naturas rerum, non in ordine ad usum istius scientiae, vel per se vel per alios quos forte decet philosophia, ut promoveantur ad theologiam, isti sunt qui ambulant in vanitate sensus sui, qui secundum Apostolum veritatem Dei in injustitia detinent. Summ. theol. art. 7, qu. 10.

Seinsmodus des thätigen Wesens entsprechen muss, so folgt hieraus allerdings, dass die cognoscitive Thätigkeit Gottes, welcher seinem Wesen nach das Erkennen ist, eine höhere und vollkommenere als jene des Engels, diese aber wieder vollkommener als jene des Menschen sein müsse. Die Frage ist nur, ob die speculative Scholastik den Begriff der denkenden Substanz anders, denn auf erfahrungsmässigem Wege habe und ob sie mit ihren im Gebiete einer abstract-metaphysischen Ontologie sich bewegenden Bestimmungen von Sein und Wesen im Stande sei, das Denken unmittelbar selber aus dem Sein abzuleiten. Sie ist zu sehr in die Kategorie der Substantialität versenkt, als dass sie überhaupt nur daran hätte denken können, diese Ableitung auch wirklich zu versuchen: der durch den Gegensatz zur Materie bestimmte Begriff der Form hat wesentlichst die Bedeutung eines Gestaltungsprincipes und nur, insofern in sich selber subsistirende Formen oder vollends Formae separatae angenommen werden, deren erstere in der stoffbildenden Thätigkeit nicht aufgehen, während den letzteren eine stoffbildende Thätigkeit überhaupt nicht zugeschrieben werden kann, muss an eine hievon verschiedene und nicht durch den Wesensconnex mit der Materie bestimmte Thätigkeit gedacht werden, die keine andere als die des Denkens und Wollens sein kann, weil diese Art von Thätigkeit sich aus der Ungebundenheit der durch keine materielle Determination bestimmten Form sich ergibt und überdiess das Zeugniss der menschlichen Selbsterfahrung für sich hat. Damit kommt man aber nicht weiter als dazu, das Denken und Wollen in Bezug auf gewisse Arten und Classen von Wesen als eine unabweisliche Thatsächlichkeit zu erhärten, welche mit der Beschaffenheit jener Wesen im Einklange steht, sowie überdiess die Rationalität und Planmässigkeit der Welteinrichtung die Annahme einer höchsten Vernunft als denknothwendig erscheinen lässt, ohne dass jedoch diese Thatsächlichkeiten aus dem eigensten Wesen ihres Inhaltes begriffen wären. Das Wollen wird nur als Correlat des Denkens erfasst, das Machtwirken nur als ein von beiden verschiedenes, wenn schon beiden congruirendes Drittes gewürdigt und begriffen. Die einheitliche wurzelhafte Ableitung der in der empiristischen Auffassung als ein Nebeneinander sich hinstellenden Dreiheit des Denkens, Wollens und Wirkens ist nur unter Voraussetzung der Idee des Geistes als activer Selbstfassung des Seienden möglich. Der absolute Geist ist als das absolut in sich gesammelte Seiende das zur Energie der absoluten Spontaneität und des absoluten Machtwirkens gesammelte Sein, welches kraft dieser seiner absoluten Sammlung sich selber absolut licht, strahlendes Sehen ist. Die absolute Sammlung in sich selber involvirt eine absolute, vergegenständlichende Anschauung seiner selbst in der Affirmation der absoluten Einheit seiner selbst, die als lebendige Einheit im Gegensatze zu der abstract leeren Einheit nur die concrete Dreieinheit als die in sich selbst abgeschlossene Einheit und Fülle des absolut Seienden und Wesenden sein kann. Der absolute Geist erkennt alles andere ausser ihm Mögliche aus sich selbst und aus der Beziehung desselben auf ihn selber; er denkt es als das nur relativ in sich gesammelte Sein mit oder ohne Vermögen der activen Selbstfassung, welches letztere dem geschöpflichen Geiste zukommt und die Signatur seines gottverwandten Wesens ausmacht. Der leiblose geschöpfliche Geist wird im Gegensatze zu der eingeleibten geistbegabten Menschenseele zunächst in sich gründen und aus der Natur seines eigenen Wesens den absoluten Geist und sich selber als relative Nachbildung desselben erkennen: in sich selber gründend wird er aber aus sich auch eine Welt des Gedankens hervorstellen, in welcher er sich nach Analogie oder mit Beziehung auf sein selbsteigenes geschöpfliches Sein die Arten und Formen des ausser ihm möglichen geschöpflichen Seins vergegenwärtiget; sofern sich aber in seinem eigenen Denkleben die Beziehungen zu allem anderen ausser ihm wirklich Seienden reflectiren, wird sich seine innere in sich abgeschlossene Denkwelt zu einem Spiegel des Universums gestalten, mittelst dessen er die Welt in sich und sich in der Welt. Beides aber in Gott schaut und in activer Schauung sich gegenwärtig hält. Sein Wirkungsvermögen nach Aussen entspricht dem Grade der Sammlung seines Wesens in sich selber; es ist kein absolutes, creatives oder wesensetzendes Vermögen, die Bethätigung desselben durch seine kosmische Stellung bestimmt. Die menschliche Seele ist als höchste und vollendete Wesensform der sichtbaren Wirklichkeit das geschöpfliche Centrum und der geschöpfliche Innerungspunkt derselben. Die wahrhafte und vollkommene Selbstinnerung der Seele hat die lebendige Hervorbringung der gesammten sichtbaren Wirklichkeit aus der Tiefe ihres eigenen geistigen Selbst zu ihrer Folge, die aber natürlich nur bei der in ihren absoluten Ort. d. i. in Gott eingerückten Seele statthaben kann. Da aber der absolute Ort der Seele zugleich das absolute Centrum der Schöpfung ist, so wird die in dasselbe eingerückte Seele nicht bloss die sichtbare Wirklichkeit, sondern die Gesammtschöpfung geistig schaffend auf die ihrem Wesen angemessene Art aus sich hervorstellen — sie wird, in die Mitte der sichtbaren Welt gestellt, gleichsam ein zweites geschöpfliches Centrum der Welt bilden und zufolge ihrer centralen Location die göttliche Schöpfungsidee in einer Weise reproduciren, in welcher es der leiblose Geist nicht vermag, dessen Vorzug vielmehr diess ist, dass in ihm die göttliche Wesenheit heller und voller wiederglänzt, als in der an die Grenzscheide zwischen der rein geistigen und rein sinnlichen Wirklichkeit gestellten Menschenseele, welche eben desshalb nicht in dem Grade, wie der leiblose Engel, Geist ist. Der leiblose Geist fasst sich centraler in Gott, als die Menschenseele es vermag; diese aber fasst mit sich zugleich auch die gesammte geschöpfliche Wirklichkeit in Gott auf eine Weise, in welcher es der geschöpfliche Engelgeist nicht vermag. Der Vorzug des Engelgeistes ist es, die Absolutheit des göttlichen Seins geschöpflich nachzubilden, der Vorzug der zur wahrhaften Geistigkeit ihres Daseins und Lebens erhobenen Menschenseele ist es, das in seinem Verhältniss zur geschöpflichen Wirklichkeit aufgefasste Wesen und Wirken Gottes in specifischer Weise nachzubilden. In beiden Fällen aber bekundet sich das Wesen der geschöpflichen Geistigkeit in der activen Selbstfassung des eigenen Wesens in Gott und in der damit verbundenen schöpferischen Production, die im Verhältniss zur göttlichen Activität freilich nur reproductive Activität sein kann, gleichwie die active Selbstfassung in Gott nur Folge und Nachwirkung des Gefasstwerdens durch Gott, den Alles Haltenden und Tragenden, sein kann.

Dieser Begriff der Geistigkeit geht nun, so weit es sich um die Functionen des intellectiven Erkenntnisslebens handelt, Heinrich schlechthin ab. Der Begriff der Geistigkeit geht ihm in jenem der Immaterialität unter und umschliesst nach dieser Auffassungsweise im Grunde auch die Functionen des sinnlichen Empfindungslebens;[1] gleichwie aber

---

[1] Duplex est agens et duplex passivum: quoddam corporale per veras qualitates activas et passivas, in quibus contraria se mutuo expellunt .... aliud vero spirituale per intentiones qualitatum et dispositionum sensibilium, in quibus contraria sese compatiuntur in eodem nec mutuo se expellunt. In eodem enim puncto medii sunt species albi et nigri simul .... Oculus immutatur ab albo et nigro et medio, tactus a calido, frigido, humido et sicco, et aër a sensibilibus visus, auditus et odoratus. Secundum hunc modum, quia intellectus est quasi media ratio specierum intelligibilium per hoc, quod omnino est immunis a materia, susceptiva est omnium specierum in unda sua substantia. Quodlib. III, qu. 14.

dieses durch passive Receptionen sich vermittelt, so auch das intellective Erkenntnissleben. Der Unterschied zwischen Mensch und Engel besteht nur darin, dass der menschliche Intellect als ursprünglich leere Tafel die Species von Aussen recipirt, während der
Engel durch die ihm concreirten Habitus specierum zum Erkennen determinirt wird.
So wesentlich ist der intellectiven Natur das Schauen, dass von daher sogar der Gott
bezeichnende Name geschöpft ist;[1] der Unterschied zwischen Gott und den intellectiven
Creaturen ist nur dieser, dass Gott Alles unmittelbar durch sich selber erkennt, somit
die passive Abhängigkeit von einem aussergöttlichen Objecte des Erkennens wegfällt.[2]
Damit ist aber die Determination des göttlichen Wirkens einfach nur in das göttliche
Wesen selber hinein verlegt, somit die Idee des absoluten Geistes nicht erschwungen.
So wahr es auch ist, dass Gott die durch Wahrheit und Güte absolut determinirte absolute Actualität des Seins sei, so steht doch diese Auffassung des Göttlichen ganz innerhalb der abstracten Kategorien des ontologisch-metaphysischen Denkens und bedarf daher
einer Zusammenfassung ihrer auf dem Wege analytischer Zergliederung gewonnenen
besonderen Momente in der concreten Idee des lebendigen göttlichen Seins, in welcher
die metaphysische Determinirtheit des göttlichen Seins als lebendige active Selbstdetermination erscheinen muss. Nach Heinrichs Auffassung des göttlichen Wesens muss Gott
sich selber als etwas Gegebenes erscheinen, woraus dann folgerichtig und nothwendig
der von Heinrich vertretene Satz sich ergibt, dass, wie in den Creaturen, so auch in
Gott selber der Wille den Vorrang vor dem Intellecte haben müsse.[3] Demzufolge lässt
Heinrich auch das Seligsein Gottes principaliter durch die Befriedigung des göttlichen
Willens, die im Selbstgenusse des absolut Guten besteht, gewirkt werden. Nach Thomas
Aquinas wird das Seligsein Gottes durch die intellective Thätigkeit Gottes gewirkt. Die
in der scholastischen Philosophie controvertirte Streitfrage, ob dem Intellecte oder dem
Willen der Vorrang gebühre, beweist durch sich selber den Mangel einer centralen
Fassung der geistigen Wesenheit; in Bezug auf das göttliche Wesen tritt dieser Mangel
bei Heinrich weiter darin hervor, dass er das göttliche Operari, Agere, Facere als drei
gesonderte Momente der göttlichen Thätigkeit auseinandergehen und gewissermaassen
nebeneinandertreten lässt. Das Operari soll sich auf die Thätigkeiten des Denkens und
Wollens als solche, das Agere auf die Production der göttlichen Hypostasen, das Facere
auf das göttliche Wirken nach Aussen beziehen. Allerdings hat diese Auseinanderhaltung
ihre sachliche Berechtigung, sofern das Operari dem göttlichen Wesen an sich eigen ist,
das Agere die immanenten Wesensverhältnisse Gottes, das Facere das göttliche Verhalten
nach Aussen betrifft. Auch kann man nicht sagen, dass das Operari im Agere und
Facere aufgehe, da das göttliche Denken und Wollen nicht bloss das Wirkliche und
Gewirkte, sondern auch das nicht wirkliche Mögliche zu seinem Objecte hat. Es fehlt
jedoch der centrale Gedanke, in welchem diese drei Begriffe sich so zusammengefasst

---

[1] Deus dicitur a θεάομαι, quod est considerare, quia omnia intellectu suo considerat. Summ. theol. art. 40, qu. 1.
[2] Intellectus quantum ad actum intelligendi in creaturis passivus est, et ut passivus ideo in actum intelligendi non procedit,
nisi per speciem sive formam rei intellectae, quae principium formale est et ratio eliciendi actum intelligendi in intellectu.
In Deo autem forma intellecta non est nisi sua essentia, quae est ratio intelligendi se et omnia alia, secundum quod est
ratio omnium divinarum actionum. Ipsa autem essentia divina penitus est idipsum re eum ipso divino intellectu, e differunt
sola ratione. Quapropter cum sibi ipsi non potest esse absens, non potest secundum rationem nostram intelligendi divina
essentia esse non movens ad actum intelligendi quaecunque intelligibilia. Ibid.
[3] Simpliciter altior est voluntas, et hoc maxime respectu Dei, quia nihil vult neque intelligit primo et per se objective, nisi
se ipsum. Summ. theol. art. 45, qu. 2.

fänden, dass sie aus ihm unmittelbar sich ergäben; und dieser Gedanke ist kein anderer als jener der absoluten activen Selbstfassung, welcher das absolute Selbstdenken und Selbstwollen Gottes, sowie das beziehungsweise Denken und Wollen dessen, was nicht Er selbst ist, in sich schliesst. Heinrich gewinnt eben den Gedanken des göttlichen Geistwesens nur auf aposteriorischem erfahrungsmässigem Wege, ausgehend von der denknothwendigen Doppelform des apprehensiven und affectiven Verhaltens, welches allem Lebendigen eigen ist und in Gott in vollkommenster Weise als vollkommenstes Denken und Wollen vorhanden sein muss.[1] Hiemit ist Denken und Wollen als eine denknothwendige Eigenheit des göttlichen Wesens als höchster Wesenheit erhärtet, aber nicht gezeigt, dass das absolute Sein als solches und abgesehen von aller Beziehung zur Creatur ein denkendes und wollendes sein müsse; es ist ferner nicht gezeigt, wie das Denken und Wollen aus der Idee des absoluten Seins als solchen folge, sowie auch die Erkenntniss der wesentlichen Zusammengehörigkeit Beider, des Denkens und des Wollens mit dem Dritten, dem Können, fehlt. Die Idee des absoluten Geistes als des absolut in sich gesammelten Seins schliesst diese drei Momente unmittelbar und in untheilbarer Einheit in sich. Die absolute Selbstconcentration des Seins ist absolute Selbstinnerung und freiester Selbstbesitz des Seienden in Verbindung mit der Sammlung seiner selbst zur spontansten Energie; die absolute Energie involvirt absolute Selbstauswirkung und Auswirkung dessen, was dem absoluten Willen des absolut Seienden entspricht. So sind die drei von Heinrich unterschiedenen Begriffe der göttlichen Operatio, Actio, Factio in ihrer unlöslichen absoluten Einheit aufgezeigt und die göttliche Activität aus der Idee des absoluten göttlichen Wesens deducirt. Der Begriff des absoluten Geistes selber ist eine unmittelbare Idee, die dem geschöpflichen Geiste als Geist eigen sein muss und ihm das absolute Gegenbild seiner selbst zeigt. Der Begriff der Geistigkeit ist die positive Kehrseite des rein negativen Begriffes der Immaterialität und beseitiget die Gefahren philosophischer Irrungen, welche an die bloss negative Auffassung des Geistigen sich knüpfen. Das creative göttliche Wirken erscheint bei letzterer Auffassung bloss unter dem Gesichtspunkte des ungehemmten Wirkens, der ungehemmten Expansion nach Aussen; damit ist nun allerdings nicht nothwendig eine emanatianistische Vorstellungsweise involvirt, dieselbe ist aber auch nicht ausgeschlossen, wie sie durch den Begriff des absoluten Geistes ausgeschlossen ist, als des absolut in sich gesammelten Seins, welches eben darum nicht emaniren, sondern nur schaffend produciren kann. Der Pantheismus ist nur durch Umsetzung des abstractiv verallgemeinernden Denkens in die concreten Positionen des wahrhaften Idealdenkens zu überwinden.

Der Geist ist Nosse, Velle, Posse in unlöslicher Einheit dieser drei Vermöglichkeiten desselben, die sein Wesen constituiren. Der absolute Geist ist absolutes Nosse, Velle und Posse in reinster Actualität, der creatürliche Geist ist begränztes und bedingtes Nosse, Velle, Posse, und zwar so, dass Potentialität und Actualität dieser drei Vermöglichkeiten in ihm auseinandertreten und das potentielle Nosse, Velle und Posse als gottgesetzter Grund des actuellen Nosse, Velle, Posse erscheint. Zufolge des Mangels einer concreten centralen Fassung des Begriffes vom Geiste treten bei den Scholastikern

---

[1] In Deum reducitur omne agens et movens motum, tanquam in agens et movens primum non motum. Cum igitur sub ipso sit quoddam agens movens seipsum, quod non movet nisi per apprehensionem et appetitum, multo ergo fortius Deus primum movens movet ut appetens et intelligens. Summ. theol. art. 10, qu. 1.

Differenzen in Bezug auf das Verhältniss zwischen Intellect und Wille hervor; während Thomas vorwiegend den Intellect betont und das Vorhandensein des Willens aus der Intellectivität des wollenden Wesens begründet, fasst Heinrich das Verhältniss des Willens zum Intellect als Verhältniss der Nebenordnung und Ueberordnung auf, womit er den Uebergang zu der von Duns Scotus vertretenen Anschauungsweise bildet. Nach Thomas[1] inclinirt die intellectuelle Natur zu dem durch die intelligible Form geistig aufgegriffenen Gute und sucht es, um in ihm zu ruhen. Das Suchen und Ruhen ist Sache des Willens, daher jedes intellective Wesen nothwendig ein wollendes. Bei Heinrich treten Intellect und Wille mehr nebeneinander: er erklärt ausdrücklich, dass die Intellectivität als solche nicht schon auch das Dasein des Willens zur Folge habe,[2] sondern bloss dasselbe ermögliche, indem ohne Intellect kein Wille denkbar sei. Den Grund dieser Auseinanderscheidung von Intellect und Wille findet Heinrich darin, dass das Wahre, das Object des Intellectes, primär im Denken, das Gute aber, das Object des Willens, primär in den Dingen seine Realität habe.[3] Daraus wird nun aber weiter auch der Vorrang des Willens deducirt und die Freiheit desselben kommt zu einer entschiedeneren Betonung als bei Thomas. Während der Intellect nach Heinrich ein passives Vermögen ist, ist der Wille eine active Kraft; denn während im passiven Erkennen die Bewegung vom Objecte ausgeht, um wieder zu demselben kreisförmig zurückzukehren, hat die entsprechende Circularbewegung im Wollen den Ausgangspunkt im Willen, um wieder in denselben zurückzukehren.[4] Freilich ist der Wille nicht reine Activität, indem er in der Einigung mit dem Objecte den Eindruck des befriedigenden Wohlgefallens oder irgend einen anderen Eindruck verwandter Art in sich aufnimmt. Wir sehen hier, dass Heinrich die Voluntas im weitesten Sinne als seelische Begehrungskraft und Strebekraft nimmt, womit aber freilich das Wesen des Willens als solchen nicht in seiner specifischen Eigenheit erfasst ist, wie sich später noch genauer zeigen wird. Heinrich sieht die Vollendung des Willens in seiner vollkommenen Hingegebenheit an Gott, die natürlich in der jenseitigen unlöslichen Einigung der Seele mit Gott statthat. Da in dieser durch den Willen vermittelten Einigung mit Gott das Wesen des Seligseins besteht, so hat der Wille natürlich auch in Beziehung auf sein Object den Vorrang vor dem Intellecte, während Thomas das Wesen des Seligseins primär in die Anschauung der ewigen Wahrheit setzt. Thomas sieht in diesem Anschauen den höchsten Grad geistiger Activität verwirklichet und fasst jedenfalls das Seligsein in einem activeren Sinne auf als Heinrich; sofern er aber den Intellect als Potenz vom Wesen der Seele abscheidet, kann er auch nicht zum Begriffe der wahrhaften Activität des seligen Seins vordringen, welche eben nur in der

---

[1] 1 qu. 19. art. 1.

[2] Cum Deus est natura intellectualis, in Deo ponendum est esse voluntatem; non quia ex hoc, quod Deus habet intellectum, argui posset quod habeat voluntatem, ut habere intellectum sit ratio habendi voluntatem, sed quia sine intellectu non est voluntas. Summ. theol. art. 45, qu. 1.

[3] Summ. theol. art. 45, qu. 2.

[4] Intelligere est quasi motus circularis aut reflexus incipiens a re reflexa in intellectum, et ab intellectu iterato terminatur in rem intellectam. Velle autem e contrario est quasi motus circularis aut reflexus incipiens a voluntate in objectum, et ab objecto iterum terminatur in voluntatem . . . . . In actu volendi absque eo, quod aliquid agat primo in voluntatem nisi metaphorice, ipsa voluntas se ipsa ex se ipsa elicit actum volendi, quo se quodammodo facit in volitum et unit se volito. Etsi enim actus volendi necessario praesupponit actum intelligendi, quia non movet se voluntas, vel (ut magis proprie loquar) volens per voluntatem, nisi in bonum cognitum, bonum tamen cognitum nullam impressionem aut motum facit in voluntatem, sed voluntas in objectum ostensum seipsam movet seipsa, ac si visus non perficeretur intus recipiendo sed extra mittendo praesentato visibili ad rectam oppositionem. L. c.

schöpferischen Reproduction des im Lichte der göttlichen Wahrheit Erkannten aus der Tiefe des eigenen Wesens, in der wenn auch noch so sehr individualisirten geistigen Nachbildung des göttlichen Thuns, Denkens und Wirkens bestehen kann. Das Seligsein der Creatur besteht in der ungehemmten Bethätigung ihres Selbstwillens und Selbstkönnens, mittelst dessen ihr eigenes Selbstsein zum vollkommen actualisirten Selbstausdrucke gelangen soll; an die Stelle des Strebens und Begehrens der noch unerfüllten Seele muss da das vollkommene Insichselberruhen und vollkommene Insichselberbegründetsein der gotterfüllten Seele getreten sein. Da erst kann das wahre und echte Selbstwollen der Seele wahrhaft an den Tag treten und die Seele aus ihrer innersten Tiefe heraus als lebendiger Wille sich offenbaren. Sonach ist die Auffassung der menschlichen Voluntas als Begehrungs- und Strebekraft eine unzulängliche; sie ist die Folge einer empiristischen Auffassung des zeitlich noch unvollendeten Seelenwesens,[1] die, vom selbstigen Kerne und Wesen der Seele absehend, sich bloss an das zeitliche Erscheinungsleben der Seele hält, während dieses doch eben aus dem Wesen der Seele begriffen werden sollte. Selbstigkeit und Geistigkeit sind identische Begriffe; Gottschauen und liebende Einigung mit Gott sind die absoluten Bedingungen des Seligseins, dieses selber aber besteht im activen Genusse des vollkommenen geistigen Selbstbesitzes der Seele.

Der in Gott erlangte absolute Selbstbesitz der Seele ist mit der vollkommenen Freiheit derselben identisch. Ist nun Freisein als Vermögen ungehemmter Selbstbestimmung die essentielle Qualität des Wollens, so ist die Seele nach ihrem innersten Wesen Wille, aber ein durch die gegebene Beschaffenheit des creatürlichen Seelenwesens bestimmter Wille. Wie Gott sich selbst absolut will und wollen muss, so muss auch die Seele naturnothwendig sich selbst wollen; es ist diess ihr Grundwille, der in der für sie gegebenen Zuständlichkeit des seligen Seins seine absolute Befriedigung findet. Es ist demzufolge unrichtig, wenn Heinrich das Wesen der Seligkeit in den Besitz eines von der Seele verschiedenen Objectes setzt[2] und so die Causa formalis der Seligkeit mit ihrer Wirkungsursache verwechselt. Trieb und Begehren der zum Seligsein strebenden Seele sind allerdings auf ein Höchstes über ihr gerichtet. aber dieser Trieb und dieses Begehren der Seele ist etwas vom Selbstwillen der Seele Verschiedenes, wodurch der Wille inclinirt wird, ohne desshalb aufzuhören, Selbstwille zu sein und als solcher sich zu bethätigen. Die scholastische Speculation kennt ihn nur unter der Gestalt des Liberum arbitrium als die vor differente Möglichkeiten gestellte Freiheit der Wahl: die Seele selber als Wille wird von ihr identificirt und verwechselt mit dem Urtriebe und Urbegehren der Seele nach dem, was sie ganz und vollkommen ausfüllt und auch da in abstracter Weise nur als Begehren nach dem Guten gemeinhin gefasst. Heinrich nennt dieses Grundbegehren der Seele die Voluntas naturalis,[3] im Unterschiede von der Voluntas arbitrio libera; beiden sei gemein, unmittelbar durch sich selbst bestimmt zu sein oder bestimmt zu werden.[4]

---

[1] Mit dieser empiristischen Auffassung hängt es genau zusammen, wenn Heinrich sagt: Beatitudo principaliter consistit in objecto, non in actu. Ulterius, quia voluntatis est proprie delectari, et magis ex actu proprio et objecto ejus quam ex actu et objecto alieno, patet etiam, quod beatitudo consistat principalius in actu voluntatis quam intellectus. Summ. theol. art. 60, qu. 2.

[2] Vgl. obige Anm.

[3] Quodlib. IV, qu. 22.

[4] Voluntas, inquantum est naturalis aut arbitrio libera, non indiget ordinante, dirigente vel inclinante in finem, quoniam seipsa naturae necessitate et propria potestate ordinatur in ipsum. l. c.

Dieser Zusammenhang ist schief und verfehlt: die Voluntas naturalis bezeichnet einen im Wesen der Seele gegründeten Urzug derselben, der allerdings in eine active Selbstbestimmung der Seele übergehen kann, aber nicht übergehen muss, während die Voluntas arbitrio libera als Vermögen selbsteigener Wahl nur ein der Seele anheimgegebenes Wollen, eine ihr anheimgegebene bestimmte Art der Selbstentscheidung bedeuten kann. Derlei Unklarheiten und Schiefheiten in Vergleichung homonymer Potenzen von durchaus verschiedenem Charakter bekunden einfach, dass die mittelalterliche rationale Psychologie Gemüth und Wille noch nicht auseinanderzuscheiden vermochte. Sie vermochte es nicht, weil ihr überhaupt die concrete Erkenntniss des Seelenwesens abging. Bei Heinrich geht die psychologische Forschung in der Ermittelung des Verhältnisses der geistigen Lebensthätigkeiten der Seele zum Verum und Bonum auf; diese beiden metaphysischen Beziehungen der Seele zu jenen beiden Zielen und Objecten ihrer geistigen Lebensbethätigung bieten die massgebenden Gesichtspunkte dar, unter welchen er sich den überlieferten Lehrstoff der rationalen Psychologie zurechtlegt. Das Bonum ist das der Voluntas entsprechende Object der Seele, wie das Verum das specifische Object des Intellectes; die Seele selber aber ist dasjenige Wesen, dessen bewusste Lebensthätigkeiten durch die Beziehungen auf diese beiden ausser ihr liegenden Objecte und Ziele ihrer Lebens- und Strebethätigkeit bestimmt sind. Es liegt auf der Hand, dass eine auf Relationsbestimmungen sich beschränkende Erforschung der geistigen Lebens- und Strebethätigkeiten der Seele nicht zur Idee des geistigen Wesens der Seele vordringen könne; dieses ist eingestandenermaassen der verhüllte Kern der seelischen Innerlichkeit, auf dessen Erforschung im Voraus verzichtet wird. Eine absolute Erkenntniss des Seelenwesens wird wohl von keiner Psychologie beansprucht, da die Seele sich nicht selber Gegenstand der Anschauung ist, somit von einer im natürlichen Vermögen der Seele liegenden absoluten Selbsterkenntniss der Seele nicht die Rede sein kann. Damit ist aber nicht die Erreichbarkeit einer wirklichen, auf lebendiger Selbsterfassung des geistigen Wesens der Seele beruhenden Selbsterkenntniss der Seele ausgeschlossen; eine solche Erkenntniss wird sogar die nothwendige Unterlage der von der mittelalterlichen Scholastik angestrebten philosophischen Gottes- und Welterkenntniss sein müssen, welche letztere ohne einen derartigen geistigen Stützpunkt dem Grunde des antiken Kosmismus sich kaum entheben lässt, und auch in der Scholastik nur relativ und unvollkommen enthoben worden ist.

Als Beleg hiefür lassen sich die Wirren und Unklarheiten auf dem Gebiete der scholastischen Thelematologie anführen. In welchem Verhältniss — fragte man — stehen das Concupiscibile und Irascibile im Menschen zum Rationale oder zum vernünftigen Seelenwillen des Menschen? Nach ihrem ursprünglichen Sinne bedeuten die drei Potenzen: Concupiscibile, Irascibile, Rationale den ins bewusste Seelenleben fallenden Reflex der drei im Menschenwesen mikrokosmisch zusammengefassten Seins- und Lebensstufen: des vegetativen, animalischen und rationalen Seins und Lebens. Das Concupiscibile und Irascibile können demzufolge nach ihrem ursprünglichen Sinne und nach ihrer eigentlichen Bedeutung nur dem Bereiche des sinnlich-animalischen Trieblebens angehören, welches im Menschen unabhängig vom immanenten Selbstleben der Seele vorhanden ist, und zu demselben nur insoweit in Beziehung steht, als es der ethischen Disciplinirung durch den sittlichen Willen der Seele unterstellt ist. Zufolge seiner Abhängigkeit von den traditionell gewordenen Anschauungen der antiken platonisch-aristotelischen Philosophie betrachtet aber das scholastische Mittelalter das Concupiscibile und Irascibile als

Kräfte der Seele, und muss sie also betrachten, um die nothwendigen Träger und Halter des Affectlebens der Seele zu gewinnen, und um die nothwendige Füllung für die in der scholastischen rationalen Psychologie leergelassene Stelle, die Lehre vom menschlichen Gemüthe betreffend, zu gewinnen. Das Gemüth, als die unmittelbare Form der seelischen Innerlichkeit des Menschen ist ein der scholastischen Psychologie fremder Begriff; die den Mangel desselben bei Heinrich supplirende Voluntas naturalis ist ein unbestimmter allgemeiner Begriff, so unbestimmt und allgemein als das Bonum quodcunque, welches als Object dieser Voluntas angegeben wird. Wenn nun aber ein solcher natürlicher Seelenwille einmal angenommen wird, so muss man doch fragen, ob demselben nicht ein Begehren und Verabscheuen zukomme, und ob dieses Begehren und Verabscheuen nicht die wesentliche Form seiner Selbstäusserung sei? Und wenn diese Frage einzig nur bejaht werden kann, so entsteht die weitere Frage, ob das Concupiscere und Irasci, statt als sensueller Affect der Seele genommen zu werden, nicht vielmehr als wesentliche Selbstäusserung der seelischen Strebethätigkeit insgemein genommen werden müsse? Wird, wie nicht anders möglich, auch diese Frage bejaht, so bleibt nichts anderes übrig als zuzugestehen, dass es ein vom sinnlich-animalischen Concupiscere und Irasci, welches gar nicht dem Seelenleben als solchem angehört, verschiedenes Concupiscere und Irasci als Naturthätigkeit der menschlichen Seele gebe, und dass, wenn von Dispositionen und Tugenden des seelischen Begehrungsvermögens die Rede sein soll, diese nur als Habitualitäten jenes seelischen Concupiscibile und Irascibile verstanden werden können. Als specifisches Object des natürlichen Begehrens der Seele wird man allerdings mit Heinrich das Gute schlechthin, im Unterschiede von dem durch den sinnlichen Trieb verlangten sinnlich Guten zu bezeichnen haben. Nur wird das ‚Gute schlechthin‘ oder ‚Gute gemeinhin‘ auch genauer bestimmt werden müssen, und zwar auf eine dem concreten Wesen der Seele angemessene Weise als dasjenige, was die Seele absolut ausfüllt und innerlichst befriediget. Da aber die Seele, obschon ein einfaches Wesen, doch kein absolut einfaches Wesen ist, so kann auch das die Seele schlechthin Ausfüllende und absolut Befriedigende nicht etwas absolut Einfaches, nicht das göttliche Sein an sich, sondern nur ein dem mehrfältigen Wesen der Seele entsprechendes Mehrfaches, nämlich die in Gott hineingenommene Welt, und diese wieder nicht so sehr an sich, denn vielmehr als Gegenstand eines activen geistigen Besitzes sein. Nur auf diese Art ist ein activer Genuss des höchsten Guten denkbar: Gott an sich ist nicht so sehr Object, denn vielmehr Mittler des seelischen Genusses des höchsten Guten, Object des Genusses nur insofern, als die in Gott vollendete Welt ihm selbst in vollkommenster Weise nach Aussen offenbart und er selbst kraft dieser Offenbarung seiner selbst sich dem beseligten Geschöpfe auf die demselben fassbare Art vernehmbar und geniessbar macht. Sofern das Eingerücktsein in Gott die absolute Bedingung des activen Genusses des höchsten Guten ist, ist es in das absolute Begehren der Seele eingeschlossen, jedoch so, dass dieses die absolute Selbstbefriedigung der Seele zu seinem eigentlichen Objecte hat. Wenn die speculative Scholastik Gott als das absolute Object des seelischen Begehrens bezeichnet, so substituirt sie der realen Zuständlichkeit des seligen Seins die absolute Bedingung des Seligseins, und macht den absoluten Mittler desselben zum Besitzobjecte der gottbeseligten Seele, da doch keine Creatur Gott besitzen, sondern nur von ihm besessen werden kann. Die vollendete heilige Liebe, deren Entzückungen das Wesen des seligen Seins ausmachen sollen, ist nichts anderes, als die in Kraft der klärenden

Gnade zur absoluten Vollendung erhobene ethische Habitualität des sittlichen Willens,
für welchen es indess in der übersittlichen Sphäre des selig vollendeten Seins kein
Object und keine Sphäre des Wirkens mehr gibt; die Liebe als Affect aber ist nicht
Act des Willens, sondern des Gemüthes, dessen vollkommene Vergeistigung ein passives
Verzücktsein ausschliesst, vielmehr den vollkommenen activen Selbstbesitz der Seele zur
Folge haben muss. Als unveräusserliche Formen der seelischen Lebensthätigkeit können
das Concupiscibile und Irascibile in der beseligten Seele nur die vollkommene Con-
formation der seelischen Lebensstimmung mit den Gedanken der göttlichen Wahrheit
und Gerechtigkeit bedeuten: von dieser Grundstimmung aber, welche das Heiligsein der
Seele ausmacht, ist der Grundinhalt ihrer Lebensthätigkeit zu unterscheiden, welcher in
der continuirlichen activen Evolution der zu ihrem absoluten Lebensinhalte gewordenen
Ideen des Wahren und Gerechten, und des in diesen Ideen begründeten Concentes der
in Gott vollendeten Ordnung der Dinge besteht. Natürlich lässt sich diese continuirliche
active Evolution nicht ohne continuirliche active Selbstbeziehung der Seele auf den
göttlichen Grund ihrer Lebensthätigkeit denken; ihr Dasein ist ein absolut mit dem göttlichen Sein verwobenes, und in die innigste Wechselseitigkeit mit Gott hineingezogenes.
Sofern man diese Wechselseitigkeit Liebe nennt, muss allerdings die Liebe als die
wesentliche Form und Grundstimmung des seligen Lebens bezeichnet werden; und die
bei der in Gott seligen Liebe als Letztem und Höchstem stehenbleibenden älteren Theologen wären nur insofern hinter ihrer Aufgabe zurückgeblieben, als sie die wesentliche
Form des seligen Lebens mit dem Thätigkeitsinhalte desselben identificirten und ver-
wechselten, demzufolge es ihnen begegnete, über den Gedanken eines passiven Ruhens
in Gott nicht hinauskommen zu können. Auch die von Thomas als Wesen des Seligseins bezeichnete Anschauung Gottes kommt trotz dessen, dass er dieses Anschauen als
die höchstgesteigerte Thätigkeit der Seele bezeichnet, bei seiner vorherrschend gegenständlichen Auffassung des menschlichen Denkens und Erkennens über den Gedanken
eines vorwiegend receptiven Verhaltens der Seele nicht hinaus. Seine Auffassung des
seligen Seins ist eigentlich nur die ins Christliche umgesetzte aristotelische Ansicht von
der Glückseligkeit der contemplativen Musse. [1]

Die peripatetische Scholastik verdankte ihrer Vertrautheit mit Aristoteles den Pragma-
tismus ihrer Moralpsychologie, verlegte sich aber durch Adoptirung desselben den
Weg zur Gewinnung psychologisch wahrer Bestimmungen des Wesens der menschlichen
Haupttugenden. Thomas Aquinas vertheilt die vier Cardinaltugenden auf die verschiedenen Potenzen des bewussten Seelenlebens derartig, dass die Ratio zum Träger der
Prudenz, der Wille zum Träger der Gerechtigkeit, das Irascibile zum Subjecte der
Tapferkeit, das Concupiscibile zu jenem der Temperanz gemacht wird. [2] Heinrich fühlt
das Unangemessene dieser Viertheilung; und vertritt den Satz, dass als Träger der
sogenannten moralischen Tugenden gemeinhin und wesentlich der Wille anzusehen sei,
das Concupiscibile und Irascibile aber an der sittlichen Tugend des Willens participiren können und sollen. [3] Diese Abweichung Heinrichs von Thomas hat ihren Grund
in seiner Ablehnung des realen Unterschiedes der Seelenkräfte vom Wesen der Seele;
er kann demzufolge das Concupiscibile und Irascibile nicht zu besonderen Trägern

---

[1] Vgl. Arist. Ethic. Nicomach. X, p. 1177. a, lin. 18. ff.
[2] 2, 1 qu. 56, artt. 4 u. 6.
[3] Quodlib. IV, qu. 22.

bestimmter Tugenden machen. Er ist aber mit Thomas darin einig, das Irascibile und Concupiscibile als Kräfte des sinnlichen Begehrens zu nehmen, und hält somit die ethische Habitualität des rüstigen Muthes für eine durch den sittlichen Willen dem sinnlichen Strebevermögen (Appetitus irascibilis) aufgedrückte Habitualität. Diess ist nun offenbar verschoben und falsch, und beruht auf Unkenntniss dessen, dass das Sinnliche als solches ausserhalb die Sphäre des Seelischen fällt, und die der Seele eignende Kraft der Entrüstung, deren ethische Formation die sittliche Tapferkeit ist, kein sinnliches Vermögen, sondern ein natürliches Vermögen der Seele als lebendiger Potenz ist. Von der Tugend der Maasshaltung, welche als Beherrschung des Concupiscibile gefasst wird, ist es zwar richtig, dass sie, zum Theile wenigstens, die ethische Beherrschung und Disciplinirung der sinnlichen Triebe zu ihrem Inhalte und ihrer Voraussetzung hat: nicht minder richtig aber ist, dass auch diese Tugend zunächst auf das Verhalten der Seele zu sich selbst sich bezieht, und die ethische Habitualität desjenigen bedeutet, der zufolge dessen, dass er die natürlichen Affecte des Gemüthes in seiner Gewalt hat, sich bei allen das sittliche Gleichgewicht der inneren seelischen Stimmung bedrohenden Anreizungen ein moderirendes Maass aufzuerlegen weiss. Die Bedrohung des inneren seelischen Gleichgewichtes kann nicht bloss von lustreizenden Affectionen, sondern auch von Anreizungen zur Unlust und zum Zorne ausgehen; die Tugend der sittlichen Maasshaltung kommt also demjenigen zu, welcher die unwillkürlichen und natürlichen Regungen des gemeinmenschlichen seelischen Begehrens und Verabscheuens in seiner Gewalt hat, und ist insgemein auf den moralischen Selbstbesitz des inneren Seelenmenschen als grundhafte sittliche Beschaffenheit zurückzuführen.

Thomas beruft sich für seine Anschauung vom Irascibile und Concupiscibile als Trägern der Tugenden des Starkmuthes und der Maasshaltung auf die Auctorität des Aristoteles, welcher sie ausdrücklich dem vernunftlosen Theile der Seele zuweise,[1] und dem Irascibile und Concupiscibile eine Art relativer Selbstständigkeit zugestehe, indem er zwischen dem selbstherrlichen Principat der Seele über die Organe des Körpers und dem verfassungsmässigen Principat der Vernunft über das Irascibile und Concupiscibile unterscheide.[2] Sofern nun das Irascibile und Concupiscibile der Vernunft nicht blind gehorchen, müssen ihnen bestimmte ethische Habitualitäten eigen sein, welche sie dem Gebote der Vernunft sich fügen machen; sie können Träger solcher Habitualitäten sein, soweit sie an der Vernunft theilhaben, und können ein solches Theilhaben zufolge ihrer natürlichen Eignung für den Dienst der Vernunft erlangen. Heinrich[3] ist mit dieser Auslegung des Aristoteles nicht einverstanden; er glaubt beweisen zu können, dass Aristoteles gemeinhin den Willen zum Träger der moralischen Tugenden mache, obschon, wie Heinrich weiterhin zugibt, in den Tugenden des Starkmuthes und der Temperanz auch das Irascibile und Concupiscibile an der ethischen Disposition des Willens einen secundären Antheil haben. Er beruft sich zu diesem Ende zunächst auf die Schlussstelle des ersten Buches der Nikomacheischen Ethik,[4] woselbst zunächst das Φρονηίον und Ἐπιθυμητικόν in Menschen unterschieden und gesagt wird, dass das erstere schlechthin

---

[1] Vgl. Aristot. Ethic. Nicom. III, p. 1117, b, lin. 20—21: Δοκοῦσι τῶν ἀλόγων μερῶν αὕται εἶναι αἱ ἀρεταί (scil. ἀνδρεία καὶ σωφροσύνη).

[2] Aristot. Pol. I, p. 1254, b, lin. 1: ἡ μὲν ψυχὴ τοῦ σώματος ἄρχει δεσποτικὴν ἀρχήν, ὁ δὲ νοῦς τῆς ὀρέξεως πολιτικὴν καὶ βασιλικήν.

[3] Quodlib. IV, qu. 22.

[4] Ethic. Nicom. I, p. 1102, b, lin. 29 ff.

nicht, das Ἐπιθυμητικόν aber, und gemeinhin das Ὀρεκτικόν, unter welches sonach das Ἐπιθυμητικόν als Besonderes subsumirt wird, auf irgend eine Weise an der Vernunft (λόγος) Antheil habe, jedoch nur so, dass es auf die Vernunft höre, wie wir auf Rath und Mahnung der Väter oder Freunde hören. Wenn nun Aristoteles unmittelbar darauf dieses von der Vernunft berathene Ὀρεκτικόν neben dasjenige, was eigentlichst Vernunft hat, als zweites Vernunfthabendes hinstellt, so folgert Heinrich hieraus, dass der Wille als Begehrungskraft nach Aristoteles auch das Concupiscibile und Irascibile in sich schliesse, und die diesen Kräften beigelegten Tugenden sonach eigentlichst Tugenden des Willens seien. Er findet eine Bestätigung dieser seiner Auffassung in einer anderen Stelle desselben ersten Buches der Nikomacheischen Ethik,[1] an welcher nach Ausscheidung des bewusstlosen Φυτικόν und des rein sinnlichen Empfindens, welches der Mensch mit dem Thiere gemein hat, vom thätigen Leben des vernunftbegabten Menschen die Rede ist. Hier wird abermals zwischen dem vernunfthabenden Denkenden und dem der Vernunft Gehorchenden als den beiden Constituenten der menschlichen Seelenthätigkeit gesprochen, und die eine als ἐνέργεια κατὰ λόγον, die andere als μὴ ἄνευ λόγου bezeichnet. Ist nun unter ersterer die intellective Thätigkeit gemeint, so muss die andere jene des Willens bedeuten: wäre es nicht so, so hätte er eine unvollständige Eintheilung der Seelenvermögen geliefert, oder für den Fall, dass er bloss die Subjecta moralium virtutum anführen wollte, die Tugend der Gerechtigkeit vergesslich übersehen, welche nach der selbsteigenen Ansicht der Gegner den Willen zum specifischen Träger hat. Diese Auslegung des Aristoteles durch Heinrich hat die vollkommene Zustimmung des Duns Scotus für sich,[2] der nur, wie wir unten sehen werden, dagegen Einsprache erhebt, dass Heinrichs selbsteigene Theorie des sittlichen Willens sich durch die Auctorität des Aristoteles decken lasse. Die verschiedenartige Auslegung der von den Scholastikern angezogenen Aussprüche des Aristoteles hatte ihren Grund wohl in der mangelhaften Ausbildung der Lehre vom sittlichen Willen bei Aristoteles, der den Willen bald vom Begehren unterscheidet, bald mit demselben identificirt, und während er einerseits die Freiwilligkeit der menschlichen Handlungen behauptet, doch andererseits wieder den Willen dem Erkennen unterordnet, so dass der Wille, der doch nur als selbstschender Wille selbstmächtige Potenz sein kann, der wahrhaften Freiheit und Selbstigkeit ermangelt. Aristoteles fasst eben nicht den Geist als persönliches Sein, sondern lässt die Vernünftigkeit oder Geistigkeit als eine höchste Begabung zu der Seele hinzutreten; an dieser Begeistung der Seele kann dann wohl auch das Begehren der Seele Antheil gewinnen, von einem geistigen Selbstwillen der Seele kann jedoch da keine Rede sein, weil die an sich unpersönliche Vernunft nicht zugleich persönlicher Wille sein kann. Der selbstige Kern des persönlichen Wesens der Seele hat sich der Forschung des Aristoteles entzogen: demzufolge lässt er auch den Menschen nur im theoretischen Vernunftdenken über die irdische Zeitlichkeit hinausgreifen und zum Höchsten aufstreben, während er die Ziele der praktischen Lebensthätigkeit durchaus in die Grenzen der zeitlich-irdischen Wirklichkeit verweist. Thomas, welcher mit Aristoteles die intellective Thätigkeit schlechthin über jene des Willens stellt, dürfte wohl auch die bezüglichen Stellen der Nikomacheischen Ethik am meisten dem Geiste des Aristoteles gemäss

---

[1] Ethic. Nicom. I, p. 1098. a, lin. 1 ff.
[2] Sentt. III, dist. 33, n. 5 (Op. Paris.).

interpretirt haben,[1] während Heinrich, welchem sich die Incongruenz des Ergebnisses dieser Auslegung mit seiner Anschauung vom Vorrange des sittlichen Willens vor dem Intellecte aufdrängt, nur zufolge seiner Voraussetzung, dass Aristoteles den Unterschied des Wollens vom Begehren nicht könne übersehen haben, eine Gleichordnung oder sogar Ueberordnung des Willens über den Intellect aus den Worten des Aristoteles zu folgern vermag.[2]

Im Zusammenhange mit der Darlegung der wahren aristotelischen Ansicht vom Verhältniss des Willens zu den moralischen Tugenden entwickelt Heinrich seine eigene Anschauung vom Willen und dessen Verhältniss zum Intellecte sowohl wie zum sinnlichen Begehren. Er geht zu diesem Ende von dem Begriffe des Rationale aus, welchen er in einem dreifachen Sinne, in einem weitesten, minder weiten und engsten Sinne nimmt. Im weitesten Sinne befasst der Begriff des Rationale neben der intellectiven Thätigkeit der menschlichen Seele auch ihre Willensthätigkeit und jene der sinnlichen Begehrungskraft in sich, im minder weiten Sinne die Intellections- und Willensthätigkeit: im engsten und strengsten Sinne beschränkt er sich auf den Bereich der intellectiven Thätigkeit. Diese ist ein Rationale simpliciter et per essentiam, die sinnliche Begehrungskraft ein Simpliciter irrationale und bloss per participationem Rationale, der Wille ist einerseits ein Rationale per essentiam, andererseits ein Irrationale ratione participans, letzteres zufolge der Abhängigkeit seiner Wahl und Ausführung vom Urtheil des Intellectes, Ersteres als Beweger des Intellectes zum Urtheilen, sowie zufolge seiner Selbstdetermination in Folge des Urtheiles des Intellectes und zufolge seiner Einwirkung auf die niederen Seelenkräfte. Wenn Aristoteles sagt, dass die moralischen Tugenden ihr Sein im Irrationale rationale per participationem haben, so ist damit angedeutet, dass sie sowohl im sinnlichen Begehrungsvermögen als auch im Willen ihr Esse haben; ebenso bestimmt spricht er aus, dass das dem Menschen eigenthümliche Thun nicht ins Irrationale sensibile zu verlegen sei, sondern in das vorerwähnte doppelte Rationale: Intellect und Wille.[3] Daraus folgt, dass der principale Träger der moralischen Tugenden

---

[1] In der oben citirten Stelle Ethic. Nicom. 1, p. 1098 heisst es von der dem Menschen im Unterschiede von Pflanzen und Thieren eignenden Art der Belebtheit: λείπεται δὴ πρακτική (scil. ζωή) τις τοῦ λόγου ἔχοντος· τοῦτο δὲ τὸ μὲν ὡς ἐπιπειθὲς λόγῳ, τὸ δ᾽ ὡς ἔχον καὶ διανοούμενον. Thomas bemerkt hiezu commentirend unter Beziehung auf das von Aristoteles in dem citirten Abschnitte behandelte Problem des glückseligen Lebens: Post vitam nutritivam et sensitivam non relinquitur nisi vita, quae est operativa secundum rationem. Quae quidem vita propria est homini. Nam homo speciem sortitur ab eo quod est rationale. Sed rationale est duplex. Unum quidem participative, inquantum persuadetur et regulatur a ratione. Aliud vero est rationale essentialiter, quod scil. habet ex seipso ratiocinari et intelligere. Et haec quidem pars principalius rationalis dicitur. Quia, quod est per se, semper est principalius eo, quod est per aliud. Quia igitur felicitas est principalissimum bonum hominis, consequens est, ut magis consistat in eo quod est rationale essentialiter, quam in eo quod est rationale per participationem. Ex quo potest accipi, quod felicitas principalius consistat in vita contemplativa, quam in activa; et in actu rationis vel intellectus, quam in actu appetitus ratione regulati. (Comm. in Libros Ethic. I, lect. 10.)

[2] An die in der vorigen Anmerkung ausgehobene Stelle des Aristoteles schliessen sich weiter folgende Worte an: Διττῶς δὲ καὶ ταύτης λεγομένης τὴν κατ᾽ ἐνέργειαν θετέον· κυριώτερος γὰρ αὕτη, δοκεῖ λέγεσθαι· In der alten Uebersetzung des Textes, welche im 13. Jahrhundert vorlag, werden die citirten Worte so übertragen: Dupliciter autem et hac dicta, eam quae secundum operationem, ponendum. Principalius enim haec videtur dici. Die Auffassung des Sinnes dieser Stelle durch Thomas ist in der vorigen Anmerkung wiedergegeben. Auch Heinrich bezieht das „Principalius‟ mit Thomas auf den Vorrang der intellectiven Thätigkeit, nur folgt er einer anderen Lesart und wiedergibt die Worte des Aristoteles so: Principaliter enim hoc videtur dici. Und dann fährt er in eigenem Namen sprechend fort: Licet principaliter dicatur quoad hoc d. i. in Beziehung auf die moralischen Tugenden, principalius tamen dicitur simpliciter voluntas, et ita operatio, quae est secundum voluntatem, licet non per habitum moralem, sed gratuitum (Heiligungsgnade), est perfecta operatio hominis, secundum quod homo. . . . . Cum ergo Philosophus posuit virtutes morales in eo, quod non est principaliter habens rationem in se ipso, sed in eo, quod est suadibile a ratione, distinguendo hanc partem contra illam, quae est habens in seipso rationem, cujusmodi est pars intellectiva, sub illa parte comprehendit voluntatem.

[3] Vgl. vor. Anm. gegen Ende.

6*

der Wille sein müsse, was übrigens Aristoteles selber ausdrücklich sagt.[1] Im ersten Buche seiner Politica vergleicht er das Verhältniss des Rationale zum Irrationale sensibile mit jenem des Herrn zum Diener und bemerkt, dass, wie das Irrationale an den Tugenden des Rationale theilhaben müsse, so auch die Tugenden der Gerechtigkeit, Maasshaltung und Starkmüthigkeit dem Diener mit dem Herrn gemeinsam sein müssen und zwar so, dass die Tugenden des Rationale und des Herrn zu jenen des Irrationale sensibile und des Dieners sich verhalten wie Mittheilendes zum Empfangenden, Maassgebendes und Bestimmendes zu dem, was Maass und Regel empfängt. Nun aber — fährt Heinrich weiter — liegt es auf der Hand, dass ein vernunfthabendes Bestimmendes (rationem habens principans) nur der Wille sein könne, nicht aber der Intellect, der bloss urtheilt; und Aristoteles selber meint es nicht anders, wenn er beifügt, der Princeps oder Gebietende müsse die moralischen Tugenden in vollkommenem Maasse haben — jene Tugenden, welche nach seinen wiederholten Erklärungen in der Ethik nicht dem Intellecte zukommen und dennoch, wie eben erwähnt, primär im Rationale ihr Subject haben sollen.[2] Das Recipirte ist, wie es im Buche de causis heisst, im Recipienten nach Art des Letzteren enthalten. Die moralische Tugend kann nach Aristoteles nur in einem Habens quodammodo rationem sein; demzufolge wird sich die verschiedene Art, nach welcher die moralische Tugend im Willen und in der sinnlichen Begehrungskraft ist, nach der Verschiedenheit des Theilhabens des Willens und der sinnlichen Begehrungskraft an der Ratio richten. Der Wille ist, wie oben gesagt wurde, rationalis per essentiam, die sinnliche Begehrungskraft irrationalis per essentiam; demnach kann in ihr die moralische Tugend nur zufolge einer Einprägung vorhanden sein, während dieselbe dem einprägenden Willen essentiell eignen muss. Darum definirt ja auch Aristoteles die moralische Tugend als einen die richtige Mitte innehaltenden und durch die Vernunft bestimmten Habitus des Willens;[3] er sagt ferner, dass die Tugenden Electiones oder wenigstens nicht sine electione seien oder wie eine andere Uebersetzung lautet: Voluntates vel non sine voluntate.

Wie Heinrich, legt auch Duns Scotus darauf Nachdruck, dass die moralische Tugend von Aristoteles als ein Habitus electivus bezeichnet werde;[4] er ist ferner mit Heinrich darin einverstanden, dass dieser durch wiederholte Willensbethätigungen befestigte Habitus

---

[1] Aristot. Pol. I. p. 1259. b., lin. 22 d.; p. 1260. a, lin. 1 ff.

[2] Auch hier gelangt Thomas zu ganz anderen Auslegungsresultaten als Heinrich. Die Worte des Aristoteles Polit. I, p. 1260. a, lin. 2 ff. lauten in der von Thomas und Heinrich benützten Uebersetzung: Manifestum igitur, quia necesse quidem participare utrosque dominum et servum) virtute; hujusmodi autem differentiae, quemadmodum natura, et subjectorum, et hoc statim exemplificatur circa animam. In hac enim est natura hoc quidem principans, hoc autem principatum; quorum alterum dicamus esse virtutem, puta ratione abundantis, et irrationale. Hiezu bemerkt nun Thomas (Comm. in Polit. I, lect. 10): Concludit auctor. . . . quod necesse est, quod tam principans quam subjectus participmet virtute. . . . Et hoc manifestat per ea, quae subjiciuntur aliis naturaliter, et ponit exemplum in partibus animae, cujus una pars naturaliter principatur, scil. pars rationalis, et alia naturaliter subjicitur, scil. irrationalis, ut irascibilis et concupiscibilis. Ponimus autem utriusque partis esse aliquam virtutem, sed differentem; nam virtus rationalis partis est prudentia, sed virtus irrationalis partis est temperantia et fortitudo et aliae hujusmodi virtutes. Die ganze, noch weiter folgende Auseinandersetzung des Thomas reducirt den Unterschied zwischen Principans und Subjectus auf die überlegene und gereifte Einsicht des Principans. Er sagt im weiteren Verlaufe: Princeps habet officium rationis, quae similiter se habet sicut principalis artifex ad inferiores partes animae.

[3] Die von Heinrich angeführte aristotelische Definition der Tugend lautet (Eth. Nic. I. p. 1107. a, lin 1 ff.): ἔστιν ἄρα ἡ ἀρετὴ ἕξις προαιρετική, ἐν μεσότητι οὖσα τῇ πρὸς ἡμᾶς, ὡρισμένη, λόγῳ καὶ ὡς ἂν ὁ φρόνιμος ὁρίσειεν. Die Uebersetzung der Versio antiqua lautet: Est igitur virtus habitus electivus in medietate consistens quoad nos, determinata ratione et ut utique sapiens determinabit.

[4] Philosophus dicit, quod virtus moralis est habitus electivus secundum voluntatem efficacem, in cujus potestate est sequi moderationem passionum. 3 dist. 33, n. 17 (Op. Paris.).

eine bleibende Disposition zurücklasse, die man gleichfalls eine moralische Tugend nennen könne; endlich stimmt er mit Heinrich auch darin überein, dass Aristoteles nur irrthümlicher Weise, weil er den Stand der gefallenen Natur für den normalen, mit dem Begriffe des Menschen gegebenen Wesenszustand hielt, die Möglichkeit eines Widerstrebens der sinnlichen Begehrungen gegen den vernünftigen Seelenwillen als etwas Normales ansah und demzufolge das Verhältniss des Willens zu den Kräften des sinnlichen Begehrens mit jenem des Principatus civilis in Parallele stellte. Indess sei die hieraus gezogene Folgerung, dass es neben den Tugenden des Willens auch tugendgemässe Dispositionen der sinnlichen Begehrungskräfte geben müsse, ganz richtig. Auch scheint Duns Scotus Heinrichs Ansicht, dass im Stande der ursprünglichen Gerechtigkeit das Verhältniss des Willens zu den sinnlichen Begehrungskräften jenes des Principatus despoticus gewesen sei, keineswegs billigen zu wollen. Er verwirft vielmehr ausdrücklich[1] die von Heinrich[2] behauptete Vitiation des menschlichen Willens, welcher durch den Sündenfall aus einem ursprünglich geraden und aufrechten Willen in einen gebeugten umgewandelt worden sei; ist sonach der Wille in seiner jetzigen Beschaffenheit seiner natürlichen Integrität nicht beraubt, so ist selbstverständlich auch sein natürliches Verhältniss zu den sinnlichen Begehrungskräften wesentlich dasselbe wie im Urstande. Aus diesem Grunde verwirft er auch[3] die Behauptung, dass der wahlfreie Wille durch einen besonderen Tugendhabitus zu den tugendhaften Handlungen, die er in der deliberativen Willenserwägung als recht und nothwendig erkannt habe, inclinirt werden müsse.[4] Heinrich glaubt einen solchen übernatürlichen Tugendhabitus im Interesse der Aufrechthaltung der Lehre vom wahlfreien Willen postuliren zu müssen, weil sonst die der deliberativen Willenserwägung nachfolgende Entscheidung für das Gute als Naturnothwendigkeit, d. i. als Durchbruch des anerschaffenen natürlichen Willens, der ohne Sollicitirung durch besondere Objecte gemeinhin auf das Gute gerichtet ist, erscheinen müsste. Duns Scotus erwidert hierauf, dass Heinrich den menschlichen Willen in den Bereich der sinnlichen Naturnothwendigkeit herabdrücke[5] und vom Willenshabitus eine mit der Natur des freien Willens streitende Ansicht habe.[6] Auch die Rationalität des sittlichen Willens scheint ihm durch Heinrichs Auffassung des Tugendhabitus gefährdet und diese Auffassung keineswegs im Einklange mit der Auctorität des Aristoteles, auf welche Heinrich sich berufen zu dürfen glaubt.[7]

---

[1] 2 dist. 29, qu. 2.

[2] Quodlib. VI, qu. 2.

[3] 3 dist. 33.

[4] Licet ratio et voluntas   bemerkt Heinrich — ad primum verum et primum bonum naturaliter sit determinata, ut si unde praesentetur rationi et voluntati, non possit ratio ipsi non assentire, neque voluntas ab ea resilire . . . . tamen in hoc nihil restat ex parte rationis et voluntatis in eis, quae sunt extra primum verum et bonum . . . . Et ideo possunt circa quodlibet aliud verum et bonum errare, dum in eis non relucet clare primum verum et bonum. Voluntas ergo indiget habitu virtutis, quo determinetur in electione boni; hic autem est habitus amoris, qui continet omnes virtutes morales, dicente Augustino de mor. eccl. c. 15: ‚Illud quod dicitur virtus, ab ipsius amoris vario quodam affectu dicitur‘. Quodlib. IV, qu. 22.

[5] Non convenit habitui immobilitare potentiam ad actum istius habitus sicut forma naturalis subjectum suum, quia potentia, in qua habitus ponitur, ex natura sua est indeterminata et indifferens ad hoc oppositum agendum. 3 dist. 33.

[6] Principalior causa activa est in potentia subjectiva habitui, et habens causalitatem habitus in potestate sua sicut causa partialis . . . . Nunquam causa perfectior impeditur necessario in agendo per causam imperfectiorem. Cum igitur voluntas de natura sua possit in oppositum ejus, ad quod virtus inclinat, habitus hoc non impediet necessario. Ibid.

[7] Heinrich beruft sich auf Aristot. Ethic. Nicom. III, p. 1117. a, lin. 18 ff., woselbst gesagt wird, dass die Tugend des Starkmuthes am meisten in plötzlichen, unvorhergesehenen Schrecken und Gefahren sich erprobe, denn da erscheine der Starkmuth nicht als Folge vorbedachter Ueberlegung, sondern als Probe eines vorhandenen Tugendhabitus: τὰ προσιαν, ἀεὶ γὰρ χ᾽ ἀν εκ λογισμοῦ καὶ λόγου τις προθοωντο, τὰ δ᾽ ἐξαίφνης κατὰ τὴν ἔξιν. Duns Scotus gibt nicht zu, dass diese Stelle das besage, was Heinrich in seinem Bemühen, mit der Auctorität des Aristoteles sich zu decken, in sie hineinlege: Virtuosus non sic agit

Wir finden in diesen kritischen Bemerkungen des Duns Scotus eine Bestätigung des oben geäusserten Urtheiles, dass Heinrich den Willen als solchen vom Begehren nicht grundhaft zu scheiden wisse; wir können noch hinzufügen, dass Scotus, eben desshalb, weil er eine solche Scheidung wenigstens anstrebt und überhaupt den Willen voller fasst, das Concupiscibile und Irascibile nicht einfach der Anima sensibilis zuweist, und sofern er eben den Willen zum Träger aller moralischen Tugenden macht, auch ein Concupiscibile und Irascibile des intellectiven Theiles der Seele kennt.[1] Nur will es damit nicht stimmen, wenn er gegen Heinrich bemerkt, dass der Wille als Natur keinen actus elicitus habe. Was soll der Wille als Natur anders sein, denn das Strebevermögen der Seele, welches sich in den Acten des Begehrens und Verabscheuens (Concupiscere et Irasci) äussert? Sofern diese Acte naturnothwendige Lebensäusserungen der Seele sind, muss in der Seele ein Urbegehren vorhanden sein, welches, wenn auch noch so dunkel sich regend und noch so wenig sich selber klar, doch seine Actus elicitos hat, die in den Acten jedes besonderen Begehrens und Verabscheuens mitenthalten sind. Die ganze Lehre vom Gemüth im Unterschiede von Geist und Wille ist letztlich auf die Anerkennung der Activität jenes Urbegehrens der Seele gestützt und die Wahrnehmung desselben die Grundbedingung einer Umsetzung der Psychologie aus ihrer in der peripatetischen Scholastik gegebenen Form in die Gestaltung einer concret-lebendigen Erkenntniss des menschlichen Seelenwesens. Heinrichs Wille als Natur ist eine scholastische Abstraction und darum ein unfruchtbarer Erkenntnissansatz, der nur dann einer weiteren Entwickelung fähig gewesen wäre, wenn Heinrich in ihm den lebendigen Uransatz alles seelischen Strebens und Begehrens, das Gemüth als seelische Urkraft erkannt hätte. Statt dessen nimmt er ihn nur als Wollen des Guten in dessen abstracter und unbestimmter Allgemeinheit und verknüpft damit die Behauptung eines natürlichen Vermögens der Seele, Gott mehr als sich selbst und alles Andere zu lieben[2] — eine Behauptung, welche nur aus einer ungerechtfertigten Identification des Begriffes der rationellen Werthschätzung mit jenem des lebendigen Liebesaffectes und aus dem Hinwegsehen von den concreten Bedingungen des Vorhandenseins des Weiheaffectes der Charitas erklärt werden kann. Heinrich sagt allerdings, der übernatürliche Act der Liebe müsse einen natürlichen Act derselben zu seiner Voraussetzung haben, indem das übernatürliche Gnadenleben durch die natürliche Begabung der Seele unterbaut sein müsse; aber die Liebe zu Gott über Alles ist seiner Natur nach ein übernatürlicher Act, weil seine wesentliche Grund-

---

repentine et sine deliberatione, sicut agit natura, ex 2 Physic. Debet igitur sic intelligi dictum Philosophi, quod sicut virtuosus objecto ostenso inclinatur ad recte agendum ex recto habitu, ita etiam per prudentiam ordinatus est ad statim recte dictandum circa illud eligibile, et quasi imperceptibiliter deliberat propter promtitudinem ejus in syllogizando practice; alius autem imperfectus cum difficultate et mora syllogizat practice, et si tandem recte eligat, non dicitur repentine agere, sed morose, et alius perfectus quasi repentine agere respectu illius, quia agit quasi in tempore imperceptibili. 3 dist. 33 Op. Oxon.).

[1] Auf den Einwand, dass Starkmuth und Maasshaltung als zwei von einander verschiedene Tugenden auch zwei verschiedene Potenzen als Träger fordern, was nicht möglich wäre, wenn der Eine Wille das Subject beider Tugenden wäre, bemerkt Duns Scotus: Necesse est ponere, si sint in parte sensitiva, quod sint duae potentiae habentes diversa organa. In parte vero intellectiva sunt diversae vires propter diversitatem in objectis. Et ideo potest poni fortitudo in irascibili, inquantum propugnat bonum rationis reprimendo impedimentum; in concupiscibili, in quantum moderatur delectationes et tristitias secundum regimen rationis. 3 dist. 33 (Op. Paris.).

[2] Charitas, quae est supremus habitus in voluntate, non requiritur propter substantiam actus, qui est diligere Deum super se et super omnia — haec enim potest creatura naturaliter et ex puris naturalibus — sed requiritur propter modum diligendi et ex parte actus in se et ut determinatur in objectum. Facit enim charitas Deum diligi super se et super omnia supranaturali modo et ut bonum beatificans, ad quod non attingit natura ex puris naturalibus. Quodlib. IV, qu. 22.

bedingung die lebendige Präsenz des Göttlichen ist, deren seelische Apperception jenen Act wirkt. Diese Apperception selber aber ist als lebendiges Ergriffensein von der Macht des Göttlichen nicht so sehr ein Act des Menschen als solchen, denn vielmehr Gottes in ihm. Die Voluntas naturalis steht bei Heinrich in einem wesentlichen Verhältniss zur Lex naturalis als Universalis regula operandorum, deren Kenntniss ein intellectiver Habitus des auf das Gute und auf das Endziel der menschlichen Handlungen gerichteten Denkens ist. Wie Wilhelm von Auvergne[1] muss Heinrich diesen intellectiven Habitus in illuministischer Weise als Affection fassen, d. h. durch ein Schauen im Lichte der göttlichen Wahrheit vermittelt sein lassen; er unterscheidet sich aber von Wilhelm dadurch, dass er die intellective Apperception der sittlichen Wahrheit nicht schon selber für Dasjenige nimmt, was von den Scholastikern gemeinhin Synderesis genannt werde, diese vielmehr dem Willen zueignet und als generellen Motor der dem natürlichen Gesetze entsprechenden Handlungen fasst. Gleich den übrigen Scholastikern setzt er Synderesis und Conscientia zu einander ins Verhältniss des Allgemeinen zum Besonderen, indem die Conscientia auf den unter die allgemeine Regel zu subsumirenden besonderen Fall sich bezieht und dem für diesen geltenden Dictamen rationis rectae entspricht. Synderesis und Conscientia verhalten sich demnach innerhalb der Voluntas oder affectiven Potenz zu einander, wie sich innerhalb des Bereiches der intellectuellen Cognition die universalis regula operandorum zur recta ratio operandorum intelligibilium verhält.[2] Die Verweisung der Synderesis und Conscientia aus dem Bereiche der intellectiven Thätigkeitssphäre in jene der Voluntas ist das Heinrich im Unterschiede von allen anderen Scholastikern sonderthümlich Eigene und hängt mit seiner Unterscheidung zwischen der Voluntas naturalis und Voluntas deliberativa zusammen:[3] die Synderesis ist dasjenige, woraus die der Voluntas natürlich eignende Richtung auf das Gute gemeinhin erklärt werden soll, die Conscientia bedeutet die überlegte Wahl des Guten in einem bestimmten Falle, durch welche der in Bezug auf alle concreten Objecte wahlfreie Wille sich selber determinirt[4] und dem natürlichen Willen der Seele conformirt.[5] Bereits Duns Scotus bemerkte,[6] dass sich Heinrich in seiner Erklärung der Begriffe Synderesis und Conscientia einer Verwechslung der Begriffe Wahl und Zustimmung schuldig mache; indem Heinrich die denknothwendigen Zustimmungen zu den Geboten der Lex naturalis und zu den aus der Subsumtion der einzelnen praktischen Fälle unter die Gebote der Lex naturalis abgeleiteten Entscheidungen als Electionen nehme, komme er dahin, Acte

---

[1] Siehe Sitzungsber. LXXIII, S. 298 f., 304.

[2] Sicut enim in cognitiva sunt lex naturalis ut universalis regula operandorum et ratio recta ut particularis, sic ex parte voluntatis est quidam universalis motor stimulans ad opus secundum regulas universales legis naturae . . . et quidam motor particularis stimulans ad opus secundum dictamen rationis rectae. Quodlib. I, qu. 18.

[3] Synderesis est in voluntate quaedam naturalis electio semper concordans cum naturali dictamine legis naturae: et ideo dicitur synderesis i. e. concelectio a syn. quod est con. et haeresis quod est electio . . . . . . Conscientia est in voluntate quaedam electio deliberativa semper concordans cum dictamine rationis rectae; et ideo dicitur conscientia h. e. cum scientia, quia electioni voluntate deliberata concordans cum scientia in ratione recta. Et semper formatur conscientia a consensu et electione liberae voluntatis juxta judicium et sententiam rationis, ut, si sit ratio recta, recta est conscientia, si sit ratio erronea, erronea est et conscientia. Ibid.

[4] Voluntas ut deliberativa est media inter ipsam ut est natura determinata omnino ad unum, et ut est libera omnino indeterminata et semper manet nisi seipsam determinet. Quodlib. VIII, qu. 22.

[5] Non bene dicunt, virtutem esse in voluntate, quia potest ad opposita, quasi sit in ea, secundum quod est libera determinando ejus libertatem. Hoc enim est contra naturam suam, et actio virtutis est in modum naturae. Ibid.

[6] 2 dist. 39, qu. 2 (Op. Paris.).

des praktischen Intellectes für Acte des Willens zu nehmen. Der Wille als Natur habe keinen actus elicitus,[1] also kann die Synderesis nicht als ein Wahlact desselben genommen werden,[2] sie lasst sich nur als intellectiver Habitus verstehen – nämlich als Habitus primorum principiorum agibilium. Ebenso erklärt Scotus den von Heinrich statuirten Unterschied zwischen Voluntas libera und Voluntas deliberativa, welche letztere an der Beschaffenheit der Voluntas ut natura theilhaben soll, für einen künstlich gemachten Unterschied.[3] Wie richtig nun immerhin diese Bemerkungen seien, versieht es doch Duns Scotus darin, dass er die Functionen der Synderesis ausschliesslich nur ins intellective Denken verlegt und hiemit zur Erklärung sowohl der moralischen Widerstandsfähigkeit des von seinem Gewissen geleiteten Menschen, als auch der dem gewissenswidrigen Handeln nachfolgenden peinlichen Empfindungszustände ausreichen zu können glaubt.[4] Will man auch letztere als Wirkungen des strafenden Gewissens vom Gewissen selber trennen und als Leidenszustände des menschlichen Gemüthes fassen, so muss doch das Sträuben der Seele gegen Sündhaftes, Niedriges und Gemeines grundhaft aus einem aller sittlichen Reflexion vorausgehenden und dieselbe bestimmenden angebornen Sinne und Triebe erklärt werden. der im sittlichen Denken allerdings sich selber mehr und mehr verdeutlichet, auch beziehungsweise ein Denkhabitus genannt werden kann, nur dass für diesen Fall der Begriff des Denkens weit tiefer gefasst werden müsste, als es in der Scholastik der Fall ist. Denn der scholastische Begriff des Denkens ist doch nur ein rein phänomenologischer und weil dieser zur Erklärung der Natur und der Functionen des Gewissens nicht ausreicht. wird ein sogenannter Habitus des sittlichen Denkens als ein mit dem Sein der Seele unmittelbar Gegebenes statuirt, ohne dass dieser Habitus aus Natur und Wesenheit der Seele deducirt würde. Er erklärt sich daraus, dass die Seele ihrem Wesen nach denkhaft oder Geist ist und demzufolge ihrem innersten Wesen nach gegen dasjenige sich sträubt. wodurch dieses ihr geistiges und in seiner Geistigkeit gottverwandtes Wesen von der Höhe seiner Rangstellung herabgedrückt, geschädiget und entehrt würde: hat es aber eine solche Schädigung erfahren, so empfindet die Seele innerlich Pein. die um so grösser ist, je geweckter das Bewusstsein

[1] Voluntas. ut recipit, nullum actum secundum habet, nec aliquem actum elicitum potest habere ut natura h. e. ut tantum appetitus. Sed tantum habet inclinationem naturalem et non ducit sed ducitur. Hoc patet ex intentione Augustini in Enchiridio: quod voluntas magis dicenda est libera. neque non voluntas, qua beati esse sic volumus, ut esse miseri non solum non relinqus, sed nequaquam velle possimus. Tamen non velle negative potest voluntas habere respectu cujuscunque objecti. Igitur intellectus practicus est. qui necessario assentit agibilibus, voluntas autem libere. Ibid.

[2] Schon die Etymologie des Wortes Synderesis lasse diess nicht zu: Nomen Synderesis dicit esse cum electione (Vgl. oben S. 49, Anm. 3, Sed electio non dicitur esse cum electione, igitur non videtur electio. 2 dist. 39 (Op. Paris.). Uebrigens ist das Wort Synderesis nur eine corrupte Form des in der späteren Gräcität vorkommenden Ausdruckes Συντήρησις, dessen Bedeutung im christlichen Sprachgebrauche wir bei Hieronymus in Ezech. 1, 10 lernen lernen. Es heisst nämlich daselbst in Bezug auf die Angesichter der Cherubsgestalten: Plerique juxta Platonem rationale animae et irascitivum et concupiscitivum, quod ille λογικόν et θυμικόν et ἐπιθυμητικόν vocat, ad hominem et leonem ac vitulum referunt: rationem et cognitionem et mentem et consilium, eandemque virtutem atque sapientiam in cerebri arce ponentes, feritatem vero et iracundiam atque violentiam in leone, quae consistat in felle. Porro libidinem, luxuriam et omnium voluptatum cupiditem in jecore i. e. in vitulo, qui terrae operibus haereat. Quartamque ponunt quae super haec et extra haec tria est, quam Graeci vocant συντήρησις, quae scintilla conscientiae in Cain quoque pectore, postquam ejectus est de Paradiso, non extinguitur, et qua victi voluptatibus vel furore ipsaque interdum rationis decepti similitudine nos peccare sentimus.

[3] Non videtur differre voluntas inquantum libera et inquantum deliberativa, nisi quia ut libera importat actum deliberandi circa actum aliarum potentiarum, ut deliberativa sequitur actum consilii, et ut deliberativa respicit specialiter ea quae sunt ad finem. 3 dist. 33 Op. Paris.).

[4] Si Synderesis dicit aliquid resistens malo, tantum erit in intellectu ut habitus primorum principiorum agibilium, et in hoc dicitur remurmurare, quia iste habitus inclinando facit voluntatem remurmurare, faciendo quod in se est ad hoc quod voluntas remurmuraret. 2 dist. 39 (op. Paris.).

um ihre himmlische Abkunft und gottverwandte Natur, je entwickelter ihre Kenntniss aller ihrer Wesensbeziehungen ist, welche der Mensch durch sein schuldhaftes Handeln gestört und verkehrt hat. Die Gewissenspeinen sind der Reflex dieser Verkehrungen in ihrer selbsteigenen Lebensempfindung. Fasst man das Gewissen als zuständliche Habitualität, so sind allerdings auch jene inneren seelischen Leiden als etwas zum Gewissen selber Gehöriges, als Zustände des Gewissens zu bezeichnen. Spricht man aber von der menschlichen Gewissensanlage, so hat man auf einen angebornen sittlichen Sinn und angebornen sittlichen Trieb zu recurriren, als dessen Träger die Seele zufolge der Natur ihres denkbaften gottverwandten Wesens zu nehmen ist. Man kann allerdings dasjenige, was der Mensch mittelst jenes angebornen Sinnes als sittliche Forderung inne wird, mit Heinrich den natürlichen Willen der Seele nennen; nur muss dann auch angegeben werden, worauf dieser natürliche Wille gerichtet ist. Ad bonum simpliciter — antwortet Heinrich; auf das Wahrsein der Seele in allen ihren bewussten und willentlichen Acten, möchten wir darauf sagen. Ihr Sein und Selbstsein in seiner Wahrheit zu behaupten, ist die Tendenz des der denkhaften Seele angebornen sittlichen Triebes; die Wahrheit des Seins und Selbstseins der denkhaften Seele besteht in der Uebereinstimmung ihrer bewussten und willentlichen Thätigkeiten mit der denkhaften gottverwandten Natur ihres Wesens, die Unwahrheit ihres Seins in der freiwilligen Verkehrung der mit ihrem Sein als denkhaftes gottverwandtes Wesen gegebenen Beziehungen zu sich und allem Anderen in und ausser ihr. Ist die Seele als Geist begriffen, so wird man nicht mehr fragen, ob die Synderesis dem Intellecte oder Willen angehöre und beide Bestimmungen einseitig finden, weil im Stehenbleiben bei der phänomenologischen Auseinanderscheidung von Verstand und Wille als Vermöglichkeiten der subsistenten Menschenseele das Grundwesen der Seele als Geist, aus welchem sie sich selbst zutiefst zu fassen und hervorzubilden hat, noch nicht erfasst ist. In Folge dieser Erfassung tritt an die Stelle des Bonum simpliciter, welches Heinrich als Object der Voluntas naturalis bezeichnet, das Bene esse der Seele als des zur Geistigkeit des wahrhaften Selbstseins erhobenen zuständlichen Seins derselben, und das Gewissen erscheint sodann als das in Sinn, Trieb und Gefühl sich reflectirende Urbegehren der Seele nach absoluter Vollendung ihrer selbst.

Die Lehre vom Gewissen hängt mit den Leidenszuständen der menschlichen Seele zusammen; das Schuldgewissen ist selber ein solcher Leidenszustand, in welchem der schuldhafte Wille sich durch eine innere Selbstqual rächt. Was ist nun überhaupt ein Seelenleiden, wie ist es psychologisch zu fassen und zu erklären? Die scholastische Moralpsychologie steht bezüglich dieses Fragepunktes natürlich ganz auf dem Standpunkte der aristotelischen Lehre und hat somit auch an den Mängeln derselben Antheil. Für die Darlegung des Seelenleidens als eines Zustandes der innerlich zerrissenen Seele findet sich in der das Seelenwesen nach Vermögen und deren Objecten zergliedernden aristotelischen Psychologie kein Ort. Wenn Thomas Aquinas die Contemplation als das reine Geistesglück preist, welches nur indirect und zufällig durch die dasselbe beeinträchtigende und schmälernde körperliche Unvollkommenheit und Schwäche des irdischen Zeitmenschen herabgemindert werden könne,[1] so beschränkt er den Begriff der Contemplation auf die Beschauung höchster, ewiger Dinge über dem Menschen und sieht von der im Lichte der ewigen Wahrheit vor sich gehenden Selbstbetrachtung der schuldigen

---

[1] 1, 2 qu. 35, art. 5.

Seele ab, welche in dieser Betrachtung die schmerzvollste innere Selbstzerreissung, gleichsam eine Anticipation der den Schmerz der Trennung von Seele und Leib weit überbietenden Scheidung zwischen Seele und Geist[1] erfährt. In der scholastisch-peripatetischen Psychologie ist nicht von Leiden, sondern von Leidenheiten der Seele die Rede und die Zurückführung der Leidenheiten auf den allgemeinsten Begriff des Leidens, zufolge dessen bei Thomas selbst Sentire und Intelligere als ein Pati erscheint,[2] deutet im Voraus darauf hin, dass die nach bestimmten allgemeinen Gesichtspunkten vorgenommene schematisirende Theilung und Gliederung der seelischen Affectionen es zu keinem Eingehen in eine psychologisch-pragmatische Schilderung von Seelenzuständen kommen lassen werde. Pati im generellsten Sinne ist gleichbedeutend mit Recipiren; Reception unter gleichzeitigem Abgeben von etwas, was der Recipient inne hatte, ist Pati im eigentlichen Sinne: ist das Abgegebene ein Gut, dessen Verlust sohin mit der Reception verbunden ist, so ist das Pati im eigentlichsten Sinne vorhanden. Daraus, dass das Pati im engeren Sinne mit Bezug auf ein abzugebendes Gut oder Uebel bestimmt wird, wird gefolgert, dass die Passio das Begehrungsvermögen zum Träger haben müsse.[3] Diess heisst aber nur ebensoviel, als den Begriff des seelischen Leidens auf jenen der Affecte als Leidenheiten des Begehrungsvermögens beschränken. Auf das Leiden als seelische Zustandsempfindung wird nicht eingegangen, weil das Wesen der Seele als etwas Verhülltes, der Beobachtung und Prüfung Entzogenes angesehen wird. Als ob es nicht eine seelische Selbstempfindung gäbe, deren Wesen und Bedeutung sich im Lichte eines tieferen Seelenbegriffes auch dem geistigen Blicke des zeitlichen Erdenmenschen aufthun müsste! Ganz in demselben Geleise wie Thomas bewegt sich Heinrich, welcher bei Erörterung der Frage, ob die Ratio formalis des Schmerzes in die Vis apprehensiva oder in die Vis appetitiva zu verlegen sei, sich für Letzteres entscheidet und ausdrücklich erklärt, dass das Wesen jeder Leidenheit (Passio) in die Disposition zu einem bestimmten Wirken zu setzen sei.[4] Hiebei hebt er jedoch, und diess ist das ihm Eigenthümliche, ausdrücklich hervor, dass nicht die Apprehension und Perception des guten oder schlimmen Objectes, sondern die zur Apprehension und Perception als Drittes hinzukommende Intentio oder Vorstellung von der Güte oder Schlimmheit des Objectes den Zustand der Passio causire.[5] Ohne Hinzutritt dieser Intentio ist eine rein

---

[1] Hebr. 4, 12. Thomas' Erklärung zu dieser Stelle dient als Probe der oben im Texte gegebenen Charakteristik der peripatetisch-scholastischen Psychologie: Est triplex differentia inter operationes animae ... Prima differentia inter potentias animae et operationes ab ipsis procedentes est ipsius rationis ad sensualitatem ... Secunda differentia est partium sensualitatis, quia alium statum et ordinem habet sensualitas secundum quod tendit in proprium objectum ex natura sua, et alium, secundum quod regulatur a ratione ... Tertia differentia est partium ipsius rationis secundum diversa objecta ipsius, quia vel tendit in Deum, vel in effectus spirituales, vel in effectus temporales. Omnes istas divisiones et differentias operatur et discernit Verbum Dei. Von der lebendigen Gegenwart der göttlichen Wahrheit in der Selbstbetrachtung der leiblos gewordenen Seele findet sich keine Spur in dieser Erklärung, welche nichts anderes als eine Hineintragung der peripatetischen Psychologie in den Text der etwas ganz Anderes besagenden Stelle ist.

[2] 1, 2 qu. 22, art 1.

[3] Omnis motus appetitivus seu inclinatio consequens apprehensiooem pertinet ad appetitum intellectivum vel sensitivum. Cum igitur delectatio et dolor praesupponant in eodem subjecto sensum vel apprehensionem aliquam, manifestum est, quod dolor, sicut et delectatio, est in appetitu intellectivo vel sensitivo. 1, 2 qu. 35, art. 1.

[4] Dicendum, quod omnis passio animalis dispositio est ad operationem sive motum vel causandum vel continuandum vel subtrahendum. ... dicente Joanne Damasceno II, 23: Passio est motus appetitus sensibilis in imaginatione boni et mali. Et loquitur de passione sensitiva; quare et consimili modo erit de passione intellectiva. Quodlib. XI, qu. 9.

[5] Omnes passiones ut ex radice prima sequuntur ex intentione convenientis et disconvenientis imminentis .... tanquam autem ex radice proxima ... ex apprehensione, sicut ex causa sine qua non, ex perceptione ut ex causa propter quam sic, sed per accidens, ex intentione autem percepta circa sensibile ut ex causa per se, propter quam sic. Quodlib. XI, qu. 8.

theoretische Wahrnehmung des Objectes ohne Leidenheit vorhanden.' Heinrich kennt eben nicht jene an sich begehrungslosen Affectionen und Leidenheiten des Gemüthes, die wir als ästhetische Apperceptionen bezeichnen und die ein beziehungsloses, uninteressirtes Gefallen oder Missfallen zufolge der Harmonie oder Nichtübereinstimmung des appercipirten Objectes an sich und in seinem Verhältniss zu unserer Gemüthsempfindung bezeichnen. Er hat einfach nur das negative Verdienst, durch seine Unterscheidung zwischen Passiones und zwischen Apperceptionen, die keine Passiones seien, an ein von der peripatetischen Scholastik bei Seite gesetztes Forschungsgebiet anzustreifen, welches so recht eigentlich die Seeleninnerlichkeit als solche betrifft und den lebendigen Erfahrungsgrund einer pragmatischen Psychologie constituirt.

Die peripatetische Scholastik spricht bloss von den unmittelbaren und natürlichen Empfindungen der Seele, nicht aber von der gebildeten Empfindung, ausgenommen sofern sie darunter einen sittlich geregelten Affect versteht, welcher einer der drei moralischen Haupttugenden eingeordnet zu denken ist. Sie fasst ferner die Affecte vorwiegend oder fast ganz als sinnliche Leidenheiten, d. i. als Affectionen der Anima sensibilis, und lässt sie nur insofern auch zu Passiones der Anima intellectiva werden, als das die Passiones provocirende Object nicht bloss Gegenstand der sinnlichen Vorstellung, sondern auch des rationalen Gedankens sein kann. Unstreitig wirkt in dieser Verweisung der Passiones in die Lebenssphäre der Anima sensibilis die alte Eintheilung der Seele in eine ψυχὴ λογικὴ und ψυχὴ ἄλογος, in einen vernünftigen und vernunftlosen Seelentheil nach — eine Unterscheidung, welche sich mit der Erkenntniss von der substantiellen Einheit und Einartigkeit des menschlichen Seelenwesens nicht verträgt und auf christlichem Standpunkte nur insofern noch eine rationale Geltung ansprechen konnte. als man in ihr die unfreie Versenktheit der Seele des gefallenen Menschen in die sinnliche Leiblichkeit ausgedrückt fand. Da die menschliche Seele ein übersinnliches Wesen ist, so kann von sinnlichen Leidenheiten derselben nur insofern die Rede sein. als ihr Affectleben durch die sich eindrängenden Affectionen des sinnlich-animalischen Empfindungs- und Trieblebens in ihren Lebensbereich sinnlich tingirt ist: an sich sind die Passiones oder Affecte als seelische Affectionen übersinnlicher Natur. natürliche Lebensäusserungen der ihrem Wesen nach übersinnlichen. aber allerdings zugleich passiblen Seele. Zeugnisse und Bekundungen ihrer Eindrucksfähigkeit, die einer höchsten Veredlung fähig ist und nur in ihrer ungebildeten Natürlichkeit als etwas Unvollkommenes oder Fehlerhaftes am Menschen erscheinen kann. Die seelischen Empfindungen mit ausschliesslicher Beziehung auf ein begehrenswerthes Gut oder verabscheutes Uebel ins Auge fassen. heisst das immanente Selbstleben der Seele verkennen, dessen Innerlichkeit sich erst dem christlichen Denken erschlossen hat, während sie dem antiken philosophischen Denken ebenso wie das durch den Wesensgegensatz zwischen Seele und Leib involvirte relative Selbstleben der sinnlichen Leiblichkeit verschlossen blieb. Wir können also gemeinhin sagen, dass die peripatetische Scholastik auf dem Grunde der überlieferten antiken Philosophie eine lebendige Erkenntniss des Menschen aufzubauen nicht im Stande war und dass ihr der aus der antiken Weltweisheit nicht zu gewinnende Begriff des Selbstlebens abging.

' Ipsum enim sensibile puta lupus aut mulier apprehensa sensu aut imaginatione aut intellectu non sunt per se factiva passionum, quin solu imaginatione vel intellectu speculativo aut sensu particulari apprehenduntur, quae nihil dicunt de

7*

Das Verfehlte und Verschobene der auf das Affectleben bezüglichen scholastischen
Erörterungen tritt bei Heinrich in seinen Untersuchungen über das Wesen des Schmerzes
hervor,[1] welchen er in einen sinnlichen und intellectiven Schmerz eintheilt. Ersteren
reiht er unter die psychischen Affecte Furcht, Hoffnung, Traurigkeit u. s. w. ein, meint
aber doch augenscheinlich die leiblich-sinnliche Schmerzempfindung, wenn er die Grundursache des von der Anima sensibilis percipirten Schmerzes in einer Verletzung irgend
eines körperlichen Organes, in der Schädigung irgend eines Wirkungsvermögens der
Anima sensitiva oder in der Hemmung einer Thätigkeit derselben sucht. Denn der
Schmerz ist in jedem dieser Fälle das leidende Innewerden einer Schädigung oder disconvenienten Disposition eines von dem seelischen Informationsprincipe belebten sinnlich-
leiblichen Vermögens, z. B. des Sehvermögens. Hiebei fällt nun auf, dass Heinrich,
einzig auf die Leidenszustände besonderer Organe und Wirkungsvermögen reflectirend,
von der allgemeinen sinnlich-leiblichen Lebensempfindung völlig abstrahirt, diess doch
wohl nur desshalb, weil er kein der sinnlichen Leiblichkeit immanentes Leben kennt.
Er rechtfertigt seine Auffassungsweise allerdings damit, dass er zwischen empfindungsfähigen und empfindungslosen Theilen des menschlichen Körpers unterscheidet; dass
die letzteren ein Product der Bildungsthätigkeit des mit selbsteigenem Leben begabten
Leibes seien, ist ein ihm fremder Gedanke. Er besteht vielmehr auf dem Unterschiede
zwischen vegetativer und sensibler Lebensthätigkeit und auf dem damit zusammenhängenden Umstand, dass empfindungslose, rein pflanzliche Organismen keiner Schmerzempfindung fähig seien. Als ob im empfindungsfähigen Thier- und Menschenkörper
Vegetatives und Animalisches nicht aufs Engste miteinander verwachsen, das bloss vegetative pflanzliche Leben nicht schlechthin völlig in eine andere, höhere Lebensform, in
jene des animalischen Lebens umgebildet wäre! Daraus folgt, dass im sinnlich-leiblichen
Lebensgefühle sich alle disconvenienten Zustände des leiblichen Lebens vernehmbar
machen müssen; es gibt keine Krankheit ohne Schmerz oder Gefühl des Missbehagens,
während der normale Zustand des leiblichen Lebens sich im Gefühle des Behagens
kundgibt. Es ist daher auch unrichtig, wenn Heinrich die Gefühle des Behagens und
Missbehagens als etwas zur gegebenen Zuständlichkeit Hinzukommendes betrachtet, als
ob Wohlsein und Uebelbefinden der sinnlichen Leiblichkeit ohne die ihnen entsprechenden
Gefühle des Behagens oder Missbehagens denkbar wären. Diese der concreten Wirklichkeit widersprechende abstracte Auseinanderhaltung der Lebenszuständlichkeit und des
Innewerdens derselben im Lebensgefühle hat freilich ihren hauptsächlichen Grund in
der Verwechslung des Gefühles der sinnlichen Lebenszustände mit den natürlichen
seelischen Affecten, welche als wechselnde Modificationen der Seelenstimmung von ihrem
Grundträger, der lebendigen Seele, unterschieden werden müssen, obschon ein völlig
affectloser Zustand der Seele als eines Lebendigen kaum denkbar ist. Heinrich identificirt die Affectionsfähigkeit der Seele geradezu mit der Affectionsfähigkeit der Sinne,
welche, weil für verschiedene und einander entgegengesetzte Eindrücke fähig, an sich rein
potentielle Dispositionen sind, indem eine bestimmte actuale Disposition (z. B. jene des
Schwarzsehens) die Wahrnehmungsfähigkeit für abweichende Eindrücke aufheben würde.

---

actuali bono aut malo, neque de fugiendo vel imitabili, etiam cum apprehendunt timendum aut laetandum, non jubent
timere aut laetari, et sunt sicut intelligere et imaginari in nobis cum volumus. Ibid.

[1] Quodlib. XI, qq. 8 et 9.

Demzufolge müssen alle Affecte oder Passiones aus einer Beziehung auf ein verabscheutes Uebel oder begehrenswerthes Gut abgeleitet werden.[1] Duns Scotus hat Heinrich gegenüber ganz richtig den Unterschied zwischen sinnlicher Empfindung und Gemüthsaffect hervorgehoben,[2] greift aber in seiner Polemik fehl, wenn er die von Heinrich angegebene Grundursache des physischen Schmerzes, nämlich die corruptive Alteration des sinnlichen Lebenszustandes, bestreitet. Freilich aber denkt Heinrich nur an die durch äussere sinnliche Objecte bewirkten corruptiven Alterationen, welche sonach nur die einzelnen Sinnesorgane betreffen können; und da mag denn Duns Scotus mit Grund bemerken, dass manche sinnlich unangenehme Einwirkungen ihrer natürlichen Wirkung nach eigentlich heilsame und wohlthätige Wirkungen sind und dass es desshalb falsch wäre, alles dasjenige, was ein bestimmter Sinn als ihm nicht zusagend verabscheut, für etwas Corruptives auszugeben. Allerdings liesse sich da noch immer sagen, dass eine dem Körper in seinem Gesammtzustande wohlthätige Einwirkung auf einen einzelnen bestimmten Theil oder auf ein einzelnes bestimmtes Organ eine corruptive Wirkung ausüben könne; indess ist auch hier wieder die Lebensintensivität der sinnlichen Leiblichkeit in Anschlag zu bringen, die so viele vorübergehende particelle corruptive Einwirkungen übersteht und ausgleicht. Hierauf zu reflectiren, lag aber der unlebendigen Anschauung der peripatetischen Scholastik, die kein Selbstleben der sinnlichen Leiblichkeit kennt, durchaus ferne; somit irren alle hierauf bezüglichen Erörterungen in das Gebiet abstruser und auch unwahrer Abstractionen ab, welchen gegenüber im gegebenen Falle die subtile Dialektik des Duns Scotus ein an realen Ergebnissen ebenso unfruchtbares Richteramt ausübt. Heinrich verwendet den an sich richtigen und ächt biologischen Gedanken einer continuirlichen Selbstwiederherstellung des leiblichen Organismus in der Entwicklung des Lebensprocesses zur Erklärung der dem sinnlichen Schmerzgefühle entgegengesetzten angenehmen Empfindungen, die er selbstverständlich ebenso wie die unangenehmen sinnlichen Empfindungen als passive Affectionen der Seele mit den Gemüthsaffecten verwechselt.[3] Es fällt Duns Scotus nicht schwer, das Unpassende dieser Verquickung der Leibesbiologie mit der Erörterung der durch Einwirkung äusserer Objecte hervorgerufenen seelischen Stimmungen und Dispositionen aufzuzeigen;[4] da aber seinem peripatetisch geschulten Denken ein tieferer

---

[1] Radix prima passionum quae ad fugam pertinent, ut sunt dolor et timor, est immutatio corruptiva sive offensiva dispositionis naturae convenientis; et hoc vel jam assistens ut in dolore, vel quae jam imminet ut in timore. Et hoc quaemadmodum e contrario radix prima passionum, quae pertinent ad immutationem, ejusmodi sunt delectatio et spes, est immutatio inductiva et salvativa dispositionis naturae convenientis, et hoc vel jam assistens ut in delectatione, vel quae jam imminet ut in spe. Quodlib. XI, qu. 8.

[2] Duns Scotus citirt aus Aug. Civ. Dei XIV, 15 die Stelle: „Dolor carnis tantummodo offensio est animae ex carne et quaedam ab ejus passione dissensio, sicut animi dolor, qui tristitia nuncupatur, est ejus dissensio ab his rebus, quae nobis nolentibus accidunt". Ex hoc patet — fügt Scotus bei — distinctio inter dolorem proprie dictum, qui scil. inest animae ex carne primo secundum partem sensitivam, et tristitiam proprie dictam, quae inest animae secundum se et primo secundum partem intellectivam. 3 dist. 15 (Op. Oxon.).

[3] Radix prima passionum, quae pertinent ad immutationem, cujusmodi sunt delectatio et spes, est immutatio inductiva et salvativa dispositionis naturae convenientis, et haec vel jam assistens ut in delectatione, vel quae jam imminet, ut in spe. Quodlib. XI, qu. 8.

[4] Videtur, quod illa prima radix (scil. immutatio salvativa aut corruptiva, siehe vor. Anm.) sit nulla, quia secundum Henricum in dolore est immutatio corruptiva dispositionis convenientis naturae, ita in delectatione est immutatio inductiva vel salvativa ejusdem. Sed ista immutatio (scil. in delectatione) nulla videtur esse, quia, quaero, ad quem terminum? Non ad primam sensationem, quia praecedit eam, sicut prima radix (scil. immutatio) secundum (i. e. apprehensionem immutationis); nec multo magis ad sensationem, sequentem passionem, quia ista sequitur utramque radicem. Igitur ipsa est ad utramque passionem ut ad proximum terminum, quae naturaliter praecedit omnem actum tam sensus quam etiam potentiae delectantis vel tristantis.

Einblick in die Seeleninnerlichkeit eben so fremd ist wie den übrigen Scholastikern, so beschranken sich seine Gegenbemerkungen wider Heinrich nur auf eine Richtigstellung des von Letzterem Gesagten auf dem Standpunkte des peripatetisch gehaltenen Denkens. Die Hauptmodification, welche er an der Lehre von den affectiven Seelenzuständlichkeiten anbringt, ist wohl diese, dass er dieselbe zusammt der Intellection im Gegensatz zu Heinrich und Thomas unter den gemeinsamen Begriff der Qualität bringt,[1] während bei Thomas und Heinrich das Intelligere und Sentire unter den gemeinsamen Begriff des Pati fällt. Diese Abweichung hängt mit der dem Duns Scotus eigenthümlichen Betonung des activen Wesens der Seelenpotenzen zusammen, worin theilweise wohl auch der Grund, aus welchem Duns Scotus die von Heinrich statuirte Unterscheidung zwischen Apprehension und Perception ablehnt, zu suchen sein wird.

Zum genaueren Verständniss dessen und der noch anderweitigen kritischen Bemängelungen des Scotus an der Thelematologie Heinrichs ist es nöthig, des Letzteren Erörterungen über Wesen und Natur des Schmerzes beizubringen, welche seine allgemeine Theorie der Passiones in sich enthalten. Heinrich unterscheidet eine doppelte Radix der Passio, eine entfernte und eine unmittelbare nächste Radix; die entfernte ist die schon erwähnte Immutatio salvativa aut corruptiva dispositionis naturae convenientis, die nächste unmittelbare Radix die Apprehension jener Immutation. Da das Object der Apprehension eben jene Immutation ist, so ist ein Schmerzgefühl ohne das Statthaben einer Immutatio corruptiva nicht denkbar; die blosse Apprehension für sich allein kann nur angenehme Gefühle erzeugen, weil die sinnliche Wahrnehmung als solche nur das dem Sinne Angemessene zum Gegenstande hat. Dieses Letztere wird nun von Duns Scotus in Abrede gestellt:[2] Convenienz und Disconvenienz der einwirkenden Objecte sind nicht Wirkungsursachen der angenehmen oder unangenehmen Empfindungen, sondern nachträgliche Denkabstractionen bezüglich der im Empfinden aufgefassten Art der Einwirkung des Objectes. Demzufolge will nun auch Duns Scotus nichts von der durch Heinrich gemachten Unterscheidung zwischen Apprehension und Perception wissen,[3] welche letztere von ersterer nur darum geschieden werden soll, weil durch sie nach Heinrichs

---

Sed nihil tale videtur necessarium ad delectationem, quia nihil praecedit ambo ista, nisi forte species objecti. Sed si species praefuisset in virtute phantastica conservante species, nihil minus posset esse conservatio necessaria; et omnis radix necessaria ad delectationem deberet tunc conservari. Si etiam sensatio sola fieret, non minus posset esse aliqua delectatio, quia non minus esset operatio perfecta, quam secundum. Philosophum 10 Ethic. comitatur delectatio. 3 dist. 15 (Op. Oxon.).

[1] Illud, quod inclinatur, recipit a perfectivo illo, ad quod inclinatur, aliquam perfectionem, quae perfectio dicitur delectatio; quae quia non est in potestate passivi in praesentia agentis, dicitur esse passio, licet vere sit qualitas, et non de genere passionis ut est praedicamentum; sicut propter similem rationem dicitur ipsa intellectio actio, licet sit vere qualitas. Et sicut intellectio habet aliquid aliud praeter istam rationem, scil. quod respicit objectum ut actio, ita et illud respicit causam effectivam, a qua est sicut passio; ita quod ex istis duobus dicitur, quod hoc est actio et illud passio. Ibid.

[2] Ratio causandi delectationem istam non est convenientia, quae fuit relatio in objecto, nec etiam praesentia per perceptionem, quae est alia relatio quasi approximatio agentis ad passum; sed sola forma absoluta, super quam fundabatur relatio objecti, est ratio causandi illud absolutum, quod est delectatio in illo absoluto, quod inclinabatur ad hoc absolutum ut ad perfectivum intrinsecum. Quod ergo communiter dicitur, quod conveniens delectat et disconveniens tristat, hoc non debet intelligi causaliter, quasi convenientia et disconvenientia sint rationes causandi delectationem et dolorem in potentia, sed abstrahimus quasdam rationes generales ab ipsis absolutis distinctis, quibus convenit effectus ille, qui est delectare, et ab illis, quibus convenit effectus ille, qui est causare dolorem; et illas rationes conveniens vel disconveniens vocamus. 3 dist. 15 (Op. Oxon.).

[3] Sensus circa objectum suum non sunt ponendi duo simul actus, licet idem perfectus posset dici perceptio, et ut imperfectus posset dici apprehensio. Unde apprehensio dicitur, quando scil. propter distractionem sentientis intus occupati intentionaliter propter operationem vel circa actionem aliarum potentiarum operatio sensus est imperfecta; et quando potentia superior concurrit copulans potentiam inferiorem cum objecto, facit attentionem, et per consequens actus est intensior, qui dicitur intentionalis perceptio. Ibid.

Annahme die Convenienz oder Disconvenienz des einwirkenden Gegenstandes vernehmbar werden soll.[1] Heinrich beruft sich hiefür auf die Auctorität des Aristoteles,[2] nach dessen Lehre die Vorstellungen und Gedanken von den Dingen die Wirkungskraft dieser haben und desshalb körperliche und psychische Bewegungszustände im Menschen hervorbringen können. Aber diese Bemerkung des Aristoteles beweist nur so viel, dass bestimmte Imaginationen der Seele sich auch in den leiblichen Lebenszuständen reflectiren und die dem vorgestellten Dinge entsprechende sinnliche Empfindung hervorbringen können: damit aber diess statthabe, wird jedenfalls eine sehr lebhafte Imagination oder ein besonderer Grad von Sensibilität erforderlich sein und auch für diesen Fall werden nur Vorstellungen bestimmter Art eine derartige Wirkung auszuüben im Stande sein. Ueberdiess ist — und das ist hier die Hauptsache — noch die Frage, ob derartige Imaginationen ein sinnliches Schmerzgefühl im eigentlichen Sinne des Wortes hervorrufen können und zwar ein solches Gefühl, welches der durch eine schmerzweckende Einwirkung hervorgerufenen Empfindung gleichkäme oder gliche. Wenn nun für den Normalzustand der sinnlichen Leiblichkeit diese Frage verneint werden muss, so erweist sich die in Heinrichs Sinne vorgenommene Abscheidung der Perception von der Apprehension als unzulässig;[3] jedenfalls ist der wissenschaftliche Erfahrungsbeweis hiefür nicht erbringbar. Heinrich konnte nur zufolge seiner ungerechtfertigten Identificirung der sinnlichen Schmerz- oder Lustempfindung mit den seelischen Affecten dahin kommen, der seelischen Vorstellung einen corruptiven oder heilsamen Einfluss auf die sinnlichleibliche Disposition zuzuerkennen.

Wir haben Eingangs dieser Abhandlung Heinrichs Denken als einen von peripatetischen Anschauungen durchsetzten Platonismus bezeichnet. Das Product dieser Durchsetzung ist Heinrichs psychischer Sensismus, der aus der Verschmelzung des platonischen Idealismus mit dem aristotelischen Empirismus bei dem Mangel an tieferen speculativen Elementen als ein fast denknothwendiges Resultat sich ergab. Der psychische Sensismus Heinrichs reflectirt sich auch in seiner Lehre vom göttlichen Erkennen, welche man als eine eigenthümlich modificirte Reproduction der platonischen Ideenlehre ansehen kann. Wie nämlich bei Plato die Ideen für den göttlichen Weltbildner etwas Gegebenes sind, so spricht auch Heinrich von einer, wenigstens in gewissem Sinne anzunehmenden Passivität der göttlichen Erkenntnisspotenz,[4] für welche also das zu Erkennende etwas Gegebenes ist, obschon Gott, wie sich bei Heinrich von selber versteht, Alles aus sich selbst erkennen muss. Der Gedanke des absoluten Seins ist eben bei Heinrich ein metaphysisch abstracter Gedanke, zu welchem er den Gedanken der Lebendigkeit und einer bestimmten Art der dem immateriellen Wesen Gottes entsprechenden Art der Lebensthätigkeit erst nachfolgend hinzutreten lässt.[5] So kommt es, dass Gott im Erkennen

---

[1] Objectum proprium perceptionis sunt intentiones circa sensibilia vel circa intelligibilia, quae quidem intentiones sunt per se causa passionum doloris, delectationes et hujusmodi. Illae enim intentiones important rationem convenientis vel disconvenientis et habent in se vim illarum rerum, circa quas sunt ad commovendum passiones. Quodlib. XI, qu. 8.

[2] De motu animalium p. 701. b, lin. 18 ff.; p. 703. b, lin. 18 ff.

[3] Duns Scotus widerlegt die Ansicht Heinrichs vom Standpunkte der peripatetischen Anschauung: Si ista deberent distingui, magis videtur perceptio remota a dolore quam apprehensio; quia magis videtur delectabilis operatio, quam exprimit perceptio, quam passio, quam videtur exprimere apprehensio. 3 dist. (Op. Oxon.).

[4] Inquantum intellectus stat in actione simplicis intelligentiae, intellectus potentia passiva est sicut sensus, et intelligere pati quoddam sicut sentire secundum rem in creatura, secundum rationem in Deo. Summ. theol. art 36. qu. 3.

[5] In Deo ad rationem esse solummodo pertinent tanquam primae intentiones in ipso esse essentia, vivere et vita, et sequuntur circa ipsam essentiam, ut vita est, aliae rationes omnes attributorum et eorum quae in Deo considerantur vel tanquam

sich selber etwas Gegebenes ist, während der Begriff des absoluten Geistes, in welchen der Begriff des absoluten Seins umzusetzen ist, jede Art von Gegebenheit ausschliesst oder vielmehr in actives Hervorbringen umsetzt. Man spricht wohl von einer ewigen Natur in Gott, die aber nicht als ein auch nur im Gedanken von der absoluten Geistigkeit des göttlichen Wesens abzutrennender Wesensgrund des göttlichen Seins gedacht werden darf, ohne in der einen oder anderen Weise in den durch den christlichen Gedanken überwundenen Naturalismus der antiken vorchristlichen Philosophie zurückzusinken. Es genügt nicht, mit Heinrich bei dem berichtigten oder richtig ausgelegten Plato stehen zu bleiben und die Ideen in Gott selbst als dessen ewige Gedanken hineinzuverlegen: sie müssen als active Productionen des göttlichen Wesens, als active Strahlungen seiner absoluten Geistigkeit erkannt werden, deren absolute Zusammenfassung einen zweiten Lichtherd in Gott als absolute innere Wiederstrahlung und Gegenstrahlung der sich selber absolut lichten göttlichen Wesenheit involvirt. Diese active Selbstobjectivirung der göttlichen Wesenheit ist offenbar etwas anderes als das von Heinrich gemeinte Verbum declarativum et manifestativum der göttlichen Essenz,[1] nach dessen eigenthümlicher Auffassung und Darlegung die Zeugung des göttlichen Wortes gewissermaassen als die Completirung des göttlichen Selbsterkenntnissactes und als Umsetzung aus der für Gott selber ohne sein Zuthun gegebenen Selbsterkenntniss in eine active Selbstanschauung erscheint. Auch in Beziehung auf seinen Liebewillen ist Gott nach Heinrich sich selbst etwas Gegebenes[2] und sohin auch nach dieser Seite der rein geistigen Auffassung die psychisch-sensistische substituirt. Das Seligsein Gottes besteht in einem ruhenden Verweilen Gottes bei sich selber in seinem als vollkommenste Wahrheit und Güte ihm offenbaren Wesen.[3] An diesem Charakter des Seligseins participirt auch das Sein der in Gott seligen Creaturen, welches ein in seliger Liebe gleichsam ausser sich selber versetztes Sein der im Anschauen des ewig Wahren verweilenden Creaturen ist.[4] Kraft dieser Gedankenverbindung mündet Heinrichs Theologie in jene

---

actus et operationes essentiae viventis, vel tanquam principia eorum aut fines sive emanationes procedentes ab ipsis. Et cum intelligere secundum rationem intelligendi sit primus actus divinus et naturalis, post alias quatuor rationes essendi sequuntur rationes ordinantes et quasi disponentes ad actum intelligendi, ut sunt intelligibile et intellectus, quorum utrumque dicit rationem potentiae et respectus ad alterum, sicut sensibile ad sensum et e converso. . . . . In Deo semper actu est utrumque, scil. intellectus et intelligibile; est tamen intelligere quasi tertium post rationem intelligibilis et intellectus. Ibid.

[1] Intellectus ut natura in Deo est ipsa potentia intellectiva sive divina intelligentia existens in actu intelligendi simplici notitia per objectum formale, ipsam scil. divinam essentiam, in quam ulterius vi sua activa naturaliter format in se conceptum simillimum ipsi divinae essentiae intellectae in simplici intelligentia. Qui quidem conceptus verbum est declarativum et manifestativum ejus, quod intellectum est in simplici intelligentia, et actus, quo concipit, dicere est. Cujus principium elicitivum principale ipsa intellectiva potentia est et objectum per hoc, quod quasi informat ipsam potentiam ad actum intelligendi simplicis notitiae, qui necessario quasi substratus est actui dicendi. Pater enim intelligendo suam essentiam actu dicendi verbum concipit simillimum ei. Summ. theol. art. 40, qu. 6.

[2] Demzufolge die Erklärung des Hervorganges der dritten Hypostase der göttlichen Essenz analog der in voriger Anmerkung gegebenen Auffassung des Hervorganges des ewigen Wortes aus Gott: Sicut contingit ex parte intellectus de verbo, sic ex parte voluntatis de zelo h. e. de Spiritu Sancto, quod scil. ad perfectionem voluntariae operationis in Deo super simplicem amorem ex actu volendi essentiali requiritur amor procedens per actum volendi non essentialem, sed per actum spirandi, qui fundatur super illum etc. Quodlib. VI, qu. 1.

[3] Consistit summa beatitudo Dei in perfecta conformitate et quasi assimilatione per operationem intellectualem, intellectus scil. et voluntatis ad se ipsum sive ad suum esse sive essentiam sub ratione boni et finis omnium ultimi . . . . . Principalius beatitudo Dei consistit in ipso objecto quam in ipsa ejus operatione intellectuali; et ipsa divina essentia sub ratione boni consecuta a Deo per operationem suam simpliciter et absolute debet dici Dei beatitudo, et non ipsa operatio, nisi quatenus attingitur per ipsam objectum, et ipsa illo informatur. Summ. theol. art. 49, qu. 5.

[4] Licet ultimum uniatur quodammodo intellectui et pertingat intellectus ad ipsum atque ipsum adipiscatur, licet non actione sua . . . . . perfectius tamen illud adipiscitur voluntas sua operatione et unitur eidem illo cooperante, quam intellectui uniat

des Pseudodionysius ein,[1] welcher ihm neben Augustinus eine der Hauptauctoritäten ist, auf welche seine theologische Grundanschauung sich stützt. Aus dieser seiner geistigen Conformation mit dem christianisirten Neuplatonismus der Areopagiten erklärt sich die Art und Weise, in welcher er trotz der Bevorzugung des Willens vor dem Intellecte den speculativen oder theoretischen Charakter der Theologie erhärtet,[2] deren Inhalt ihm die im gotterleuchteten Denken erfassten ewigen und göttlichen Dinge als das regelnde Maass des menschlichen Zeitdaseins sind. So lässt er an die Stelle des platonischen Idealismus das christlich-kirchliche Glaubensbewusstsein treten, für dessen wissenschaftliche Auffassung und Durchdringung er die entsprechende geistige Hinterlage in dem christlich-rectificirten Plato gefunden zu haben glaubt. Uebrigens dient, wie bei Plato, so auch bei Heinrich der christlich rectificirte Plato nur als Wegbereiter zur Einführung in das Gebiet der christlichen Erkenntniss; dass die Ausprägung der christlichen Wahrheit im kirchlichen Lehrbegriffe eine mit dem platonischen Denkhabitus sich nicht deckende Bewusstseinsform als Vehikel einer innerlichen geistigen Aneignung des christlichen Bekenntnissinhaltes involvire, spricht wenigstens indirect auch Heinrich aus, wenn er bemerkt, dass Plato und insgemein die antike Weltweisheit wohl die göttliche Wesenheit im Denken zu erfassen wusste, aber die immanenten Verhältnisse derselben ihrer Kenntniss sich entzogen.[3] Heinrich und die gesammte Scholastik mit ihm zog hieraus die Folgerung, dass diese im weltgeschichtlichen Religionsleben der Menschheit offenbar gewordenen Mysterien des göttlichen Seins und Lebens nur im Lichte des Glaubens erkannt werden könnten. Diess ist wohl unbestreitbar richtig; eben so wahr aber ist, dass der Gegensatz von Natur und Uebernatur, bei welchem die ausschliesslich auf dem natürlichen Weltbewusstsein und auf der antiken Kosmologie fussende Denkweisheit des scholastischen Mittelalters stehen bleibt, mit der Idee des Menschen als Geschichtswesens und geistigen Selbstwesens vermittelt werden müsse, um eine dem verchristlichten Weltbewusstsein entsprechende Erkenntnissform der im Glauben erfassten christlichen Wahrheit zu schaffen. Dazu liess es die Versenkung des mittelalterlichen Denkens in den gegenständlichen Inhalt des kirchlichen Glaubensbewusstseins nicht kommen. Daher das Stehenbleiben bei einer Erkenntnissform, welche bloss die passive

---

seipsum, quia intellectui non unitur se ipso nisi ut formae quaedam intellectus, non inhaerens, sed expressa in ipso et assimilans quodammodo sibi intellectum, secundum quod intellectus est intellecta secundum actum. Voluntas autem unit se illi non ut formae assimilanti, sed ut fini et bono, quasi sese vi amoris per actum suum in illud quasi transsubstantiando sive transformando et convertendo. Summ. theol. art. 49, qu. 6.

[1] Amor sive actus amoris, qui est actus voluntatis, habet vim quamdam conversivam amantis in amatum, juxta quod dicit Dionys. div. nom. c. 4: ‚Omnia ad se ipsum bonitas convertit, et optimum est, in quod omnia convertuntur sicut in propriam singulorum summitatem, et illud concupiscunt omnia intellectualia quidem et rationalia scienter, sensibilia vero sensibiliter, sensus autem expertia insito motu vitalis appetitus, tantummodo autem existentia ad solam essentialem participationem'. Et infra: ‚Est aut restatious divinus amor, non sinens se ipsa esse amantes, sed amandorum h. e. non sinit quod maneant ipsi qui erant, sed facit, ut sint ipsi, qui ab eis amantur'. Ibid.

[2] Finis hujus scientiae (scil. theologiae) est dilectio Dei et fruitio boni .... Non tamen ex hoc debet ista scientia dici practica. Est enim duplex bonum voluntatis, unum quod ab ipsa voluntate proficiscitur, aliud quod ipsam voluntatem perficit. Primum bonum pertinet ad scientiam practicam ..... secundum vero bonum ad scientiam specialiter speculativam, quia in ipsa est speculatio solummodo, ut voluntati objectum suae operationis perfecte ostendat, ut in ipsum statim operationem perfecta tendat, quod est proprium speculativae supremae, quae cognitionem extendit in amorem ..... Qua quidem actione voluntatis in praesenti tendit in Deum ut in quodam modo distans a se, quia amore imperfecto; in futuro autem se penitus immerget eidem amore perfecto, ut sibi intime conjuncto et unito. Summ. theol. art. 8, qu. 3.

[3] Dicendum, quod viderunt Deum et divinam mentem, quam νοῦν vocarunt aut filium, non ut distinctam personam, secundum quod fidelis tenet, sed ut artem et conceptum quemdam essentialem divinae mentis, pertinentem ad essentiam, licet Filio approprietur; unde appropriata viderunt, licet non propria. Summ. theol. art. 13, qu. 2.

Abhängigkeit vom Erkenntnissinhalte ausdrückt. Die Variationen dieser Erkenntnissform bestimmen sich, wie wir in dieser Abhandlung aufgezeigt zu haben glauben,
nach der Art und Weise, in welcher das Verhältniss der Seelenkräfte zum Seelenwesen bestimmt wurde; die denknothwendige Consequenz der Heinrich eigenen Be-
stimmung dieses Verhältnisses war sein psychischer Sensismus, welcher bei einer ana-
logen Auffassung der seelischen Potentialität auch in der nachscholastischen Philosophie
wiederkehrte.